虚构的彷徨

[日] 太宰治 著

程亮 译

中国出版集团
现代出版社

目录

小丑之花……001

狂言之神……057

虚构之春……081

回　忆……163

叶……207

玩　具……225

小丑之花

“过了此处，即是悲伤之城。”[①]

友人皆远离我，用悲伤的目光望我。朋友啊，同我说话吧，尽管笑我吧。唉，他们漠然别过脸去。朋友啊，质问我吧。我什么都坦白。是我用这双手，把阿园沉入水中。是我以恶魔的傲慢，祈求用阿园的死换我复活。还要再说吗？唉，可朋友只用悲伤的目光望我。

大庭叶藏坐在床上，望着海面。海上雨雾蒙蒙。

从梦中醒来，重读这几行，其丑陋与猥琐，令我无地自容。罢了，太过夸张。别的且不说，大庭叶藏这姓名是怎么回事？酒不醉人人自醉的我，不禁为之击掌叫绝。它正适合我的主人公。大庭，最能象征主人公那非比寻常的气魄，而叶藏，又是何等新鲜，使人感到朽木发芽般的真正的清新。何况，这

① 但丁《神曲》里地狱之门上的铭文。

四个字一溜排开，是如此畅快调和。单只这姓名，不已是划时代的吗？这样的大庭叶藏坐在床上眺望雨雾蒙蒙的海面，岂非更是划时代的？

好了。自侮乃卑怯之举，那似乎源自被摧毁的自尊心。其实纵然是我，也不愿被人说三道四，所以才率先朝自己身上敲钉子。这正是卑怯。我须得更坦率才行。啊，要谦逊。

大庭叶藏。

被嘲笑也没办法。东施效颦。洞察者人恒察之。也许还有更佳的姓名，但在我似乎有些麻烦。索性用“我”亦无不可，只是今春，我刚写过以“我”为主人公的小说，倘若接连如此，不免太难为情。假使我明日就猝死，说不定便会有一名奇怪的男子跳出来，以“那家伙不用‘我’当主人公就不会写小说”的表情述怀一番呢。其实光凭这理由，我就仍会坚决选用大庭叶藏这个姓名。可笑吗？少来，你不也一样？

1929 年 12 月末，这所名为青松园的海滨疗养院，因叶藏入院而泛起微澜。青松园有三十六名肺结核患者，其中两名重症，十一名轻症，余下二十三人是恢复期患者。收治叶藏的东第一住院部，是所谓特等病区，共有六间病房。叶藏所在病房的隔壁两间是空室，最西侧的六号房里，住了一名身材高大、鼻梁高挺的大学生，东侧的一号房和二号房各住一名年轻女孩。这三人都是恢复期患者。昨晚，袂浦有人殉情。男女一同跳海，男子被返航渔船捞起，保住性命，女子却下落不明。为搜救那女子，警钟激荡长鸣，村里的消防员们乘着一艘接一艘的渔船陆续出海，喧嚷之声听得三人心惊胆战。渔火殷红，终夜徘徊于江之岛岸边。无论大学生，还是两名年轻女孩，均彻夜未眠。直至拂晓，女子的尸体才在袂浦海滩上被人发现。短发闪闪发亮，颜面惨白浮肿。

叶藏知道阿园已死。在那条运送他的颠簸渔船上，就知道了。

叶藏在星空下苏醒后，最先问的是："女人死了吗？"

一个渔夫答他："不会死的，不会死的，放心吧。"语气听来甚为悲悯。

是死了呀——叶藏清醒地意识到了，随即再度陷入昏迷。重新睁开眼时，已在疗养院中。白板墙围绕的逼仄房间里，挤满了人。当中有人百般探问他的身份，叶藏不加隐瞒，一一告之。天亮后，他被移至一间更宽敞的病房。因叶藏的家乡闻知变故，特地给青松园打来长途电话以求妥善安置。叶藏的家乡，远在千里之外。

东第一住院部的三名患者，得知新病人就躺在自己旁边，感到一种不可思议的满足，对今后的住院生活萌发期待，在天海俱已大亮时终于睡去。

叶藏没睡。他脸上到处贴着白纱布，不时缓缓摇头。他被海浪裹挟，在密集的礁石上磕来撞去，弄伤了身体。一名姓真野的二十来岁的护士独自照顾叶藏。她左眼皮上方，有一道稍深的伤痕，因此左眼比右眼显得略大，但是并不难看。朱唇微翘，脸颊浅黑。她坐在床边的椅子上，望着阴晦天空下的大海。她努力不去看叶藏的脸，是觉得他可怜，不忍心看。

时近正午，有两名警察探视叶藏。真野避嫌离开了。

两人都是穿西装的绅士。一人留着小胡子，一人戴着铁框眼镜。小胡子低声询问叶藏与阿园的原委，叶藏如实回答，小胡子记在小手册上。例行讯问结束后，小胡子以覆压病床般的姿态俯身说道："女人死了。你当时是真心寻死吗？"

叶藏默然不语。

戴铁框眼镜的刑警，肥厚的额头堆起两三道褶皱，他面露微笑，拍拍小胡子的肩头，说："算了，算了。怪可怜的，下回再说吧。"

小胡子直视着叶藏的眼睛，颇不情愿地将手册放回上衣口袋。

刑警们离去后，真野急忙回到叶藏的病房。可她刚一开门，就见叶藏正在啜泣。她悄悄关上门，在走廊里伫立良久。

午后下起雨来。叶藏身体恢复了一些，能独力下床走去厕所了。

朋友飞驒身穿濡湿的外套，猛地冲进病房。叶藏装睡。

飞驒小声问真野："他没事吧？"

"嗯，已经没事了。"

"吓了我一跳。"

他扭动着肥硕的身躯，脱下那件满是混油黏土味儿的外套，递给真野。

飞驒是个默默无闻的雕刻家，与同样毫无名气的西画画家叶藏，自中学时就是朋友。拥有坦诚心灵的年轻人，必定想把身边哪个人立为偶像，飞驒亦然。他一进中学，就把目光锁定在班里第一名的学生，为之神往。第一名正是叶藏。叶藏在课堂上的一颦一笑，在飞驒看来都非同小可。他在校园的沙丘后发现叶藏老成孤独的身影时，还曾暗自长叹。啊，还有同叶藏初次交谈那天的欢喜。飞驒什么都模仿叶藏。他也吸烟，也嘲笑老师，也学着把双手抱于脑后，在校园里晃晃悠悠地闲逛，也懂得艺术家最重要的道理。叶藏考入美术学校，飞驒虽迟了一年，但也成功进入同一所学校。叶藏学习西画，飞驒则故意选了雕塑。他声称是因感佩于罗丹的巴尔扎克像，实则是胡说八道，他一门心思只待成名之日，能为自己的履历稍壮声势罢了。真实原因，在于他对叶藏的西画深存顾忌，在于自卑。那段时间，两人的道路终起分歧。叶藏身材越来越清瘦，飞驒却渐渐变胖。二者的差异非止如此。叶藏被某种直截的哲学吸引，开始瞧不起艺术，飞騨则有点过于得意忘形，句句不离艺术一词，甚至反让听者大感尴尬。他总是梦想着创造杰作，却懒于学习。就这样，两人都以不佳的成绩毕业。叶藏几乎彻底扔掉了画笔。他说绘画不过是海报，令飞騨很沮丧。

一切艺术都是社会经济机构放的屁，只是生活力的一种形式，任何杰作都是无异于袜子的商品。

——叶藏用诸如此类的耸听危言，唬得飞騨一头雾水。飞騨一如既往地喜欢叶藏，对叶藏近来的思想也怀有隐约的敬畏，但对他来说，杰作带来的悸动重于一切。就是现在！就是现在！他一面这样想，一面却只是心浮气躁地玩弄黏土。总之，他俩与其称作艺术家，毋宁说是艺术品。不，或许正因如此，我才能这般轻易地叙述。要是看到真正的市场化的艺术家，诸位只怕读不到三行就得吐。这一点我保证。不过，你要不要写这样的小说？如何？

飞騨也不忍再看叶藏的脸。他尽量灵巧地蹑足走近叶藏的枕畔，却只是凝视着玻璃窗外的雨脚。

叶藏睁眼微笑，说："吓到你了吧？"

飞騨吃了一惊，瞄一眼叶藏，迅速垂眸答道："嗯。"

"你是怎么知道的？"

飞騨犹豫了。他从裤袋里拽出右手，来回摩挲自己那张大脸，同时用眼神偷偷问真野：能说吗？真野严肃地微微摇头。

“是不是上报纸了？”

“嗯。”他其实是听收音机里的新闻得知的。

叶藏觉得飞驒不干脆的样子很可恶，本该表现得更亲近才对。过了一夜，就翻脸不认人，把我当外人对待的这位十年老友太可恨了。叶藏又装睡。

飞驒状似无聊的用拖鞋啪嗒啪嗒地轻叩地面，暂立在叶藏枕畔。

房门悄然打开，一名身穿制服、体格瘦小的大学生突然露出俊美的面孔。飞驒看见那张脸，呻吟般地舒了口气。他一边撇嘴驱走爬上脸颊的微笑，一边故意慢吞吞地走向门口。

“刚到？”

“对。”小菅一面留意叶藏那边，一面咳着答道。

此人名叫小菅。他同叶藏是亲戚，在大学就读法律科，尽管与叶藏相差三岁，二人仍是无间密友。新青年似是不大在乎年龄的。他因休寒假本已返乡，听闻叶藏出事，就立即乘快车赶了过来。两人去走廊里交谈。

“沾上煤灰了哟。”

飞驒肆无忌惮地哈哈大笑，指着小菅的人中。那里沾了薄薄一层火车的煤烟。

“是吗？”小菅慌忙从胸前口袋里掏出手帕，迅速去擦抹，“怎么样？现在如何？”

“你是说大庭？好像没事了。”

“是吗——平静下来了？”小菅猛地拉长人中冲飞騨做鬼脸。

“平静了，平静了。家里闹翻天了吧？”

小菅边将手帕塞回胸前的口袋边回答：“嗯。乱成一团了，像葬礼一样。”

“家里有谁要来？”

“他哥要来。他老爹说，别管他。”

“这事儿闹大了。”飞騨用一只手扶着低矮的额头嘀咕道。

“阿叶真的没事吗？”

“平静得出人意料。那小子，总是那样。”

小菅似很高兴，嘴角含笑，歪头说道：“也不知心情如何。”

“不知道——你不见见大庭吗？”

“算了。即使见面，也无话可说，况且，我害怕——”

两人低声发笑。

真野走出病房。

“屋里都能听见，请不要站在这里聊天。”

“啊，那真是……”

飞騨惶恐极了，将肥硕的身躯拼命蜷缩。小菅讶异地窥看真野的脸。

“两位，那个，午饭吃过了吗？”

“还没。”二人齐声回答。

真野忍俊不禁，笑红了脸。

三人一同奔赴食堂后，叶藏坐了起来，所以才会眺望雨雾蒙蒙的海面。

“过了此处，即是空蒙之渊。”

然后回到最初的开头。话说，连我自己也觉得很差劲。别的且不论，我不喜欢像这样拿时间故弄玄虚。尽管不喜欢，还是尝试了。因为我想把“过了此处，即是悲伤之城”这一句平时说惯了的地狱之门的咏叹，奉为光荣的开篇第一行。没别的理由。纵使因为这一行而把我的小说毁了，我也不打算怯懦地将之抹杀。捎带夸口说句大话：抹去那一行，就等于抹去我过往的生活。

“是思想作祟啦，老兄。”

这话很蠢，倒也没错。是小菅说的。面带得色的他，边说边重新端起盛有牛奶的茶碗。

贴了木板的四壁，涂着白漆，东边墙上高挂着院长的肖像画，胸前佩戴三枚铜钱大小的勋章，十来张长条桌静列下方。食堂空荡荡的。飞驒和小菅坐在东南隅的桌旁，正在用餐。

“早前拼得太凶了。”小菅压低声音继续说，“身子骨那么弱，还那样四处奔走，难怪想寻短见呢。”

“他是行动队的带头人，对吧？我知道。”飞驒嚼着面包，插嘴说道。他并非强装博学。这个左派用语，那时的青年人尽皆知。“不过——可不止如此。艺术家不是那么简单的。”

食堂暗了下来。雨势变大了。

小菅喝了口牛奶，然后说道：“你只会从主观去看待事物，所以才没用。归根结底，我是说归根结底哟，一个人的自杀，据说都潜藏着其本人未意识到的某种客观上的重大原因。他家里所有人都认定女人是罪魁祸首，但我不敢苟同。女人只能算是同道旅伴。肯定另有重大原因，那帮家伙都不明白就算了，连你也说不着调的话，这怎么行。”

飞驒凝视着脚边燃烧的炉火喃喃道：“可那女人，是有夫之妇。”

搁下茶碗，小菅回道：“我知道。那又怎样？对阿叶来说，屁都不是。因为是有夫之妇就去殉情？那也太天真了吧。”说完，他闭起一只眼瞄向头顶上的肖像画，“这人，是这里的院长？”

“应该是吧。不过——要说真相，只有大庭自己清楚。”

“那倒是。”小菅随口附和着，探头探脑地四下张望，“好冷啊！你今天打算住在这里？”

飞驒匆匆咽下面包，点了点头，道：“是要住下。”

青年们永远不会认真讨论。他们一面付出最大限度的小心，生怕触犯对方的神经，一面仔细顾护着自己的神经，不想平白受辱。而且，一旦受到伤害，他们必定要钻牛角尖，满脑子只有你死我活。所以，他们讨厌争斗。他们知道许多空言虚辞，连一句否定，大概也能轻易地摆出十来种用法。讨论未开始，便已在交换妥协的眼色，待结束时，一边笑着握手，一边齐齐腹诽对方：弱智！

话说，我的小说似也终于变得模糊失焦了呢。那就在此摇身一变，展开全景式多幕舞台？别说大话了，你这做什么都不得要领的蠢材。唉，但愿顺利。

次日凌晨，天清气和。海上风平浪静，大岛火山喷出的白烟，自水天相接的一线腾腾升起。不好。我讨厌写景。

一号房的患者醒来时，病房里洒满了小阳春的曦光。她与照看的护士互道早安，便立刻测了晨间体温，三十六度四。然后去到阳台，做餐前的日光浴。早在护士轻戳她的腰窝之前，她已在偷窥四号房的阳台。昨天来的那个新患者，身穿整齐的藏青地碎白花纹夹袄坐在藤椅里，正在看海。他嫌刺眼似的，浓眉紧蹙着，脸色像是也不大好看，还不时用手背轻拍脸颊上的纱布。她躺在日光浴用的卧榻上，眯眼观察少时，就让护士拿书过来——《包法利夫人》。她平时觉得这书无聊，看五六页就会丢开，今天却想认真一读。她感到，此刻最宜读此书。哗啦啦地翻页，从百十来页处开始读起。她挑出一行挺不错的：“爱玛打算借火炬的光亮，在深更半夜举办婚礼。”

二号房的患者也已醒了。她到阳台晒日光浴，意外看见叶藏的身影，又跑回病房去了。她莫名地恐惧，马上钻进被窝。陪护女儿的母亲，笑着给她盖上毯子。二号房的姑娘，一把拽过毯子遮住脑袋，躲在那团薄暗里，目光灼灼地倾听邻室的说话。

“好像是个美人儿哟。”随即响起窃笑声。

飞驒和小菅昨晚是在这里留宿的。两人睡在隔壁空病房的一张床上。小菅先醒过来，强撑开一双丹凤眼，走上阳台，余光瞥见叶藏那略显做作的姿势。为找出令他摆出那种姿势的理由，小菅倏地向左扭头，只见最靠边的阳台上，有个年轻女子正在看书。女子的卧榻后面是长有青苔的潮湿石墙。小菅洋气地耸了耸肩，马上折回房间，摇醒熟睡的飞驒。

“快起来，有情况！”他们顶喜欢无中生有，“看阿叶的大姿势。”

他们的对话中，屡屡使用“大”这一形容词。也许是渴望于这无聊的世间获得某种可期待的对象。

飞驒惊得一跃而起，问道：“怎么了？”

小菅笑着告诉他：“有个少女，阿叶正在向人家展示他那引以为傲的侧脸呢！”

飞驒也兴奋起来，两条眉毛夸张地遽然上挑，问道：“是美人儿吗？”

“好像是个美人儿哟，在假装看书呢！”

飞驒失笑。他就那么坐在床上，穿上夹克，套上长裤，嚷道：“好，看我怎么教训他！”他没打算教训叶藏，这只是背后嘲讽。他们嘲讽起好友来也是满不在乎，随性信口开河，“大庭这小子，全世界的女人他都想要。”

过了片刻，叶藏的病房里掀起哄然大笑，笑声响彻整栋住院部大楼。一号房的患者啪地合起书，狐疑地望向叶藏的阳台。阳台上空无一人，只剩一把白色藤椅在晨光中发亮。她盯着那把藤椅，昏昏然打起了盹儿。二号房的患者听见笑声，蓦地从毯子下露出头，与站在枕畔的母亲交换了一个温和的微笑。六号房的大学生被笑声吵醒了，大学生无人陪护，日子像住宿舍一般悠闲。察觉笑声来自昨天那个新患者的病房，大学生黝黑的面庞透出红来。他并不觉得笑声有什么冒犯。出于恢复期患者特有的宽广心胸，他反倒为叶藏颇显活力而感到安心。

我该不是三流作家吧？看来，好像自恋过度了。不切实际地妄图搞什么全景式多幕舞台，结果倒显得像在沾沾自喜。不，且慢。为应对可能出现的这种失败，我早已提前备好一句话：怀着美好的情感，人会创作出丑陋的文学。总之，我之所以如此自恋过度，也是因为我的心灵不甚邪恶。啊，为想出这句话的男人送上祝福吧！这是何等珍贵的一句话呀。不过，这句话作家一生只能用一次。似乎确实如此。用一次，是可爱，如果再三重复，拿这句话当盾牌，大概只会变得可怜。

“失败了。”

与飞騨并肩坐在床畔沙发上的小菅，如此结束了自己的讲述，再挨个打量飞騨的脸、叶藏的脸，还有倚门而立的真野的脸，待看清大家都在笑，他才心满意足地甩头靠在飞騨滚圆的右肩上。他们经常笑，微不足道的小事也能捧腹大笑。对年轻人而言，作笑脸易如呼吸。也不知是从何时开始养成那种习性的。不笑就会吃亏，只要是该笑的事情，再藐小也不能漏过。啊，这不就是贪婪的美食主义之虚无的一鳞半爪吗？然而可悲的是，他们从心底笑不出来。纵然笑得前仰后合，仍很在意自己的姿势。他们还经常想逗别人笑，甚至不惜伤害自己。大抵无非是出自那种虚无的心态，但透过底层至更深处，难道不能推测出某种钻牛角尖的情绪吗？牺牲之魂。带有几分敷衍、不抱明确目的的牺牲之魂。他们能碰巧做出即便用以往的道德准则去衡量亦堪称美谈的高尚行为，全是因这隐匿的灵魂。这是我的一家之见，而且不是在书房里的凭空摸索，都是自身肉体告诉我的想法。

叶藏还在笑。他坐在床边，晃着双脚，一边留意着脸颊上的纱布，一边笑个不停。小菅的话有那么好笑吗？什么样的故事能让他们感到如此有趣？这里便插入几行举个例子吧。小菅在这次假期中，去距故乡二十多里地的一个山里很有名气的温泉浴场滑雪，在当地旅馆住了一晚。深夜如厕途中，在走廊里与同旅馆的年轻女子擦肩而过。仅此而已。这却成了大事。在小菅看来，尽管只是擦肩而过，也非得给那女子留下非同一般的好印象不可。他倒没什么明确的办法，只是在擦肩而过的瞬间，豁出命去摆姿势。他对人生有认真的期待，在那瞬间，将自己与女子可能发生的所有情节全想象了一遍，并为之心碎。那种令人窒息的瞬间，他们每天至少会经历一次。所以他们从不大意，即便是独处时，也在修饰自己的姿容。据小菅讲，他连深夜如厕时，也是穿上整洁的新制蓝外套才踏入走廊的。与那年轻女子擦肩而过后，小菅深感庆幸：幸好是穿着外套出来的。他长叹一口气，对着走廊尽头的大镜子一照，失败了！外套底下，分明露出两条套着脏兮兮衬裤的腿。

“哎呀，”他甚至是边轻笑边说的，“衬裤拧着劲儿往上打卷，腿毛看起来黑黢黢的，脸也睡得肿胀着。”

叶藏内心里并没有笑得那么起劲。那故事像是小菅编造的。但他还是放声大笑了。朋友一改昨日的态度，努力同自己打成一片，为报答那份心意，他才故意笑得前仰后合。因为叶藏笑了，飞騨和真野也不失时机地笑了。

飞騨放心了。他觉得说什么都不打紧了。他一直在克制，警告自己还不是时候，早咕哝半天了。

得意忘形的小菅，反而随口说道：“我们呀，碰到女人都会失败。阿叶不也是吗？”

叶藏依然笑着，歪头思索。

“或许吧。”

“对呀。犯不着寻死。”

“算是失败了吧。”

飞騨高兴极了，心脏怦怦直跳。叶藏于谈笑间推倒了最难攻破的石墙。如此不可思议的成功，大概也要归功于小菅那莽撞冒失的品性。想到这里，他有一种冲动，想紧紧抱住这位年少的友人。

飞騨快活地舒展开稀疏的眉毛，期期艾艾地说：“是不是失败，我认为不能一言断定。抛开别的不谈，原因还不知道呢。”说完，他才觉得糟了。

小菅立刻施以援手道：“那个我知道。我和飞騨曾激烈争论过。我认为原因在于思想钻了牛角尖，飞騨这家伙却装模作样说什么另有原因。”

飞騨间不容发地接腔道：“固然也有那个原因，但不止如此呀。总之，是因为迷恋。和讨厌的女人可没道理一同赴死。”

他是不想被叶藏做出任何臆测，才慌不择言，听来却反而连自己都觉得天真单纯。干得好——他偷偷地松了口气。

叶藏垂下了长长的睫毛。倨傲、懒惰、阿谀、狡猾、恶德之巢、疲劳、愤怒、杀意、利己主义、脆弱、欺瞒、病毒，纷纷扰动他的心。他想，干脆说出来算了。

他故意垂头丧气地嘀咕道:“其实，我自己也不清楚。好像一切的一切都是原因。”

“我懂，我懂。”小菅不等叶藏说完就点头，“有时的确会有这种感觉。喂，护士不见了，是在给我们提供方便吗？”

我先前也曾提过，他们的讨论，与其说是彼此交换思想，不如说是为了将现场气氛调整舒适。不说半句真话。不过，听上一阵子，倒也能有意外收获。在他们装腔作势的言辞中，时而会出现坦诚到令人惊讶的话语。正是无心之言，才包含了像是真实的东西。叶藏方才言及一切，岂不正是无意间吐露的心声？在他们心里，唯有混沌，以及莫名其妙的叛逆。或许，说是只有自尊心亦无不可。而且是被细细打磨过的自尊心，哪怕经受再小的微风也会战栗。一认准自己受了辱，就痛苦到寻死觅活。叶藏之所以被人问起自杀原因就会不知所措，也是不无道理的——原因就在于一切的一切。

那天过午，叶藏的兄长抵达青松园。兄长生得不像叶藏，身材很胖，穿着裙裤。

他在院长的带领下，来到叶藏的病房门前。听见屋里传出快活的笑声，兄长佯装不知。

“就是这里吗？”

“对。他已经恢复活力了。”院长边回答边开门。

小菅大吃一惊，从床上蹦了下来。他本是躺在叶藏床上的，而叶藏和飞騨则并排坐在沙发上玩着扑克牌。两人连忙起身。真野坐在床头枕畔的椅子上打着毛线，似乎也知此举不合时宜，赶紧忸怩地收拾针线。

“有朋友来了，所以很热闹。”院长回头对兄长耳语后，来到叶藏身旁。

“已经没事了吧？”

“是的。”如此回答，令叶藏突然觉得自己很可怜。

院长的双眸，在眼镜后面含着笑。

“怎么样？要不要过过疗养院的生活？”

叶藏这是第一次感到罪人的自卑。他只以微笑作答。

其间，兄长一丝不苟地向真野和飞騨鞠躬致谢，口称“承蒙关照”，然后表情严肃地问小菅：“听说你昨晚住在这里了？”

“对。”小菅连连挠头，“因为隔壁病房空着，我和飞騨就留宿了。”

“那从今晚起，来我的旅馆。我在江之岛订了旅馆。飞騨先生，你也来。”

“啊——”飞騨僵在原地，张皇失措地答道。他手里捏着三张扑克牌不知该如何是好。

兄长若无其事地转向叶藏。

“叶藏，玩够了吧？”

“嗯。”叶藏故意显出极不愉快的神色，点了点头。

兄长顿时变得健谈起来。

“飞騨先生，那大家这就随院长去吃午饭吧。我还没游览过江之岛呢，想请院长带我见识一下。立刻出发吧，汽车还在外头候着。天气真不错。”

我很后悔。这两个成年人一登场，就把一切都弄得一塌糊涂了。叶藏、小菅和飞騨，再加上我，合四人之力才难得鼓动起来的有点怪异的高涨气氛，也因这两个成年人而萎缩得面目全非了。我起初是想把这篇小说写成格调浪漫的言情故事，原本冀望用开头几页先营造出急漩般的氛围，再将之徐徐化解。一面慨叹于自己的笨拙，总算是写到这里了。可是，一下子就土崩瓦解了。

原谅我！是骗你的。我在装傻。一切都是有意为之。写着写着，我感羞于那所谓格调浪漫的言情故事，才不惜故意搞破坏。若是真在土崩瓦解，那反而正中下怀。低俗趣味——事到如今折磨我心的只是这一句话。如果无缘无故就想威压别人的执拗癖好要那般称呼，或许我这种态度也是低俗趣味吧。我不想输，不想被人洞察心思，但那大抵只是徒劳。啊！作家都是这样子吗？连自白也要修饰措辞。我难道不是人吗？人真正该过的生活，我能过上吗？且这样写，但我对我的文章仍然介怀。

统统揭露。其实，我在这篇小说的每一幕的描写之间，让“我”这个男人露面，诉说一段本不必说的话，也是存了狡猾念头的。我想在读者不知不觉中，用那个“我”，给作品增添奇异的韵味。我自恋地以为，那是日本尚未得见的洋气文风。然而，我失败了。不，连这失败的自白，当也在计划之内。倘若可以，我本想稍后再说。不，连这句话，似也是我事先备下的。啊，别再相信我。我说的话一个字都别信。

我为何要写小说？是渴望新晋作家的荣光，还是意图求财？别装模作样了，老实回答吧。就说都想要，想要得不得了。唉，我还在睁眼说瞎话。这样的谎言，一不留神就会上当，便在谎言当中，亦属卑劣之流。我为何要写小说？这问题说出来真头疼。没办法。虽然显得矫情可厌，还是姑且回答一句：“复仇。”

把目光转向接下来的描写吧。我是市场的艺术家，不是艺术品。我那令人不快的自白，若能为这篇小说添加某种韵味，也算是意外之幸。

叶藏和真野被留下了。叶藏钻进被窝，边眨巴眼边思考。

真野坐在沙发上，收拾扑克牌。将纸牌收进紫色纸盒后，她说：“那是令兄吧？”

“嗯，”叶藏盯着高高的白色天花板，“长得像吗？”

作家一旦对其描写的对象失去爱情，就会写出如此散漫的文字。不，再不说了。这可是相当别致的文章哟。

“嗯，鼻子像。”

叶藏笑出声来。叶藏的家人，都像祖母一样有个长鼻子。

“他贵庚呀？”真野也笑了一下，问道。

“你说我哥？”叶藏把脸朝向真野，“很年轻的，才三十四。拿腔作势，自命不凡。”

真野蓦地抬眸仰视叶藏的脸。他正在皱眉说话。她慌忙垂下眼眸。

“我哥那样还算好的，老头子才……”

刚起个头就噤口不言。叶藏温顺了。他是在代我妥协。

真野起身，去病房角落的柜子拿针线。像原先一样，她又坐在叶藏枕畔的椅子上，一边开始打毛线，一边也在思考。不是思想，亦非恋爱，她在思考仅有一步之遥的更浅近的原因。

我什么也不再说了。说得越多，越空洞无物。真正重要的事物，我好像一丝半毫也没触及。那想必也很正常。许多事都忘说了。那想必也很正常。作家不明作品的价值，是小说之道的常识。我虽不甘心，却不得不承认，期待自己作品效果的我是个笨蛋。尤其是不该把效果说出口。一说出来，就会立即产生别的截然不同的效果。刚一推测效果大致如何，又会有新的效果冒出来。我将变成一个不得不永远从后追赶的傻瓜。是粗劣的作品还是不错的成果，我连那都不想知道。恐怕，我的这篇小说，当可产生连我亦料不到的巨大价值。这些话，是我从别人那里听来的，不是自己的肉体渗出的。或也因此，才复生依赖之心。说白了，我正在丧失自信。

电灯亮起之后，小菅独自来到病房。一进来就俯到睡着的叶藏的脸上，悄声说："我是喝过酒来的。别告诉真野。"

说完，他朝叶藏脸上重重喷了口气。酒后本是禁止出入病房的。

"我去参观江之岛了！太棒了！"斜瞟一眼坐在沙发上织毛衣的真野，小菅叫嚷般地说，然后立刻低声细语道，"骗人的。"

叶藏起身坐在床边。

"你们光顾着喝酒了？不，不要紧。真野小姐，没关系吧？"

真野织毛衣的手没停，笑着答道："倒也不是没关系。"

小菅仰面往床上一倒。

"我们仨和院长商量过了。你哥可真是足智多谋啊，没想到如此精明强干！"

叶藏没吭声。

“明天，你哥和飞驒要去警局，说要彻底了断这件事。飞驒那个笨蛋，还兴奋起来了。他今晚要住在那边。我不喜欢，就回来了。”

“我哥说我坏话了吧？”

“嗯，说了。他说你是个大傻瓜，说你今后不知还会捅什么娄子。但后来又补了一句，说你父亲也不好。真野小姐，我可以抽烟吗？”

“嗯。”她都快忍不住流泪了，所以只这么应了一声。

“能听见海浪声呢——真是家好医院。”小菅叼着没点火的香烟，像醉汉一样喘着粗气，同时闭上了眼。半晌之后，他霍地坐起身，“对了，我把你的衣服带来了。放那儿了。”他朝房门那边努了努下巴。

叶藏的视线落向搁在门旁的蔓藤花纹大包袱上，果然又皱起眉头。他们在谈论亲人时，会做出略显感伤的表情。然而，这只是习惯罢了。不过是自幼的教育，使得他们如此。提起亲人，似乎照旧会想到“财产”一词。

“真受不了我母亲。”

“嗯，你哥也这么说。他说你母亲才最可怜，因为连穿衣服的事都要替你操心。是真的，老兄。真野小姐，有火柴吗？”他从真野手中接过火柴，鼓腮注视着画在火柴盒上的马头，“你现在身上穿的衣服，听说是向院长借的？”

“这件？是的。是院长儿子的衣服。我哥应该还说了什么吧？关于我的坏话。”

“别耍性子了。”小菅点着香烟，“你哥这人，没想到相当开明呢。他是懂你的。不，可能也不是。他是个饱尝艰辛的人，看起来。你这次出事的原因，大家争论过，当时呀，笑死人了。”他吐出个烟圈，“这是你哥的推测——他认为原因是你生活放荡缺钱花了。说的时候特别一本正经呢。他还说，虽然身为兄长难以启齿，但你肯定是染上了羞于告人的隐疾，所以自暴自弃了。”小菅因酒精而混浊的眼睛看向叶藏，“怎么样？哎呀，没准儿还真被他说中了呢。”

今晚留宿的只有小菅一人，没必要特地借用隔壁的病房，大家一商量，决定让小菅也睡同一间病房。小菅和叶藏并排睡在沙发上。那张罩着绿色天鹅绒的沙发，经过特殊设计，能诡异地变成一张床。真野原本每晚都睡那个铺位，今天被小菅夺走，故而她从医务室借来草席，铺在房间西北角。那里恰巧处于叶藏双脚的正下方。然后，也不知是从哪里找来的，她用一扇对折的矮屏风将那简陋的卧室围了起来。

“真谨慎。”小菅躺着，望着那扇老旧的屏风，独自窃笑，“上面还画着秋之七草呢。”

真野用包袱皮裹住叶藏头顶的电灯，遮暗灯光，然后对二人道声晚安，就躲进屏风后面去了。

叶藏感到难眠。

“好冷啊。”他在床上辗转反侧。

“嗯。”小菅也噘嘴附和，“把我的醉意都冻醒了。”

真野轻咳了一声，问：“要不要盖点什么？”

叶藏合眼答道：“我吗？算了。就是睡不着。海浪声听腻烦了。”

小菅觉得叶藏很可怜。那完全是成年人的感情。想必毋庸赘言，可怜的并非此间的这个叶藏，而是与叶藏遭受同样境遇时的自己，或是该境遇下的普遍抽象概念。成年人被那种感情训练得很好，所以会轻易同情别人，并且骄傲于自己的多愁善感。青年们亦然，也会不时沉浸在那样的廉价感情里。成年人的那种训练，如果出于善意地说，是妥协于自己的生活得来的，那么青年们呢，究竟是从何处学会的？从这种无聊的小说吗？

“真野小姐，给我们讲个故事听吧，有没有好玩的故事？”

出于想让叶藏转换心情的多事心理，小菅对真野撒娇。

“唔。”真野从屏风后，只是笑应一声，不置可否。

“恐怖的故事也行啊。”他们总是憋不住想品尝战栗的滋味。

真野像在考虑什么，一时没回话。

“是个秘密哟。”她先是如此声明，才低声笑道，“我想到一桩怪谈。小菅先生，可以讲吗？”

“一定要讲，一定要讲。”他是认真的。

故事发生在真野刚当上护士的十九岁那年夏天。同样是因女人而试图自杀的青年被人发现，收治在一家医院里，由真野看护。患者是吞药自杀，全身遍布紫色斑点，看上去是没救了。傍晚曾一度恢复意识。当时，患者看着一大群沿窗外石墙玩耍的小矶蟹，说：“真漂亮啊！”那一带的螃蟹，甲壳生来就是红色的。他说康复以后要抓螃蟹带回家，说完又陷入昏迷。当晚，患者呕吐了满满两脸盆秽物，就死了。真野一直在那间病房里独自守着青年，直到其家人从故乡赶来。足有一个钟头，她一直强自忍耐坐在病房角落的椅子上。身后传来微弱的声响。她凝神细聆，又有动静了。这次听得很真切，像是脚步声。她鼓勇回头看去，就在身后有一只红色小螃蟹。真野盯着那只螃蟹，哭了出来。

“不可思议呀。真的有螃蟹，活生生的螃蟹。那时候，我想过不当护士了。就算我一个人不工作，家里也能过得很好。不过我这么跟父亲说完，被他狠狠地嘲笑了一顿——小菅先生，如何？”

“太可怕了！”小菅故意戏谑般地大叫，“那家医院叫什么名字？”

真野没回答，静静地翻了个身，自语般地呢喃道：“我呢，在大庭先生出事时，也曾想过要不要拒绝医院的召唤。因为我害怕呀。可是，来了一看，我就放心了。这么有活力，一开始就说上厕所要自己去。”

“不，我是说医院。不是这里吧？”

真野沉默片刻后答道：“是这里，就是这里呢。不过，请保密。因为关系到我的信誉。”

叶藏发出梦话般的声音道：“该不会，就是这间病房吧？”

“不是。”

“该不会，”小菅也模仿叶藏的语气，“就是我们昨晚睡的那张床吧？”

真野笑了出来。

“不是。放心吧。要是那么在意，我不说出来就好了。”

“是一号房。”小菅悄悄抬起头，“从窗户能看见石墙的，只有那间病房。是一号房，老兄，就是少女住的那间。怪可怜的。”

“别闹了，快睡吧。是骗你们的，故事是我编的。”

叶藏一直别有所思。他在想念阿园的芳魂，在心里描绘着她美丽的身姿。叶藏时常这般直爽。在他们看来，“神”这一字眼，不过是授给糊涂蛋的混杂着揶揄和好意的毫无意义的代名词罢了，但那许是因为他们太过接近神。倘如这般轻率地触及所谓“神的问题”，诸位想必定会用浅薄、随便之类的词语来严厉地谴责我。唉，请原谅我。无论多么拙劣的作家，都想偷偷让自己小说的主人公接近神。那么，言归正传。他才像神，像那暗中笑看自己的爱鸟猫头鹰飞翔于黄昏天空的智慧女神密涅瓦。

翌日，疗养院一大早就闹哄哄的，是因为下雪了。疗养院前院约千株低矮的海滨松，皆身披雪衣，由那处下来的三十几级石阶，以及与之相连的沙滩，也积了一层薄雪。雪下下停停，直持续至中午。

叶藏趴在床上，正对着雪景画素描。他让真野买来炭画纸和铅笔，自雪停后就开始专注创作。

病房因雪反射的光，很明亮。小菅躺在沙发上，正在看杂志。他不时探长脖子窥视叶藏的画。对于艺术这东西，他感觉到隐约的敬畏。这种情绪源自他对叶藏这个人的信赖。小菅从小就认识叶藏，曾一度以为这人有些古怪。在一起玩着玩着，他便武断地认定，叶藏的那种古怪完全是头脑聪明的表现。那个时髦、善于说谎、好色甚至残忍的叶藏，小菅从少年时就喜欢上了。他尤其爱学生时期的叶藏在背地里说老师们坏话时那燃烧般的双眸。不过，那种爱的方式，与飞驒等人不同，是观赏的态度。总之，他很机灵。能跟去哪儿就跟去哪儿，一旦荒唐得过了界，他便抽身旁观。这是小菅比叶藏和飞驒更显崭新之处。纵然小菅对艺术多少怀有一丝敬畏，其意义也与他刻意穿那件蓝外套来打扮自己并无不同，都是出于这样一种心理：渴望在这无尽白昼般的人生中感受到某样可期待的对象。像叶藏那等男人，汗流浃背地搞创作，所以成果必定非同寻常——小菅只是很草率地这样认为。在这一点上，他仍是信赖叶藏的。不过，有时也会失望。正如此刻，小菅偷窥叶藏的素描，就很失望。画纸上所绘的，只是海和岛的景色。而那，也是普通的海和岛。

小菅死心了，埋头看杂志上的小说。病房里寂然无声。

真野不在。她正在洗衣间清洗叶藏的衣服。叶藏就是穿着这件衣服跳海的。衣服里隐约沁入了海岸的味道。

到了下午，飞驒自警局归来，兴冲冲地打开病房的门。

“哎呀！”他见叶藏正在画素描，便夸张地大叫，“画画呢！非常好！艺术家的强项果然还是搞创作。”

他边说边靠近病床，越过叶藏肩头瞄了那画一眼。叶藏慌忙将画纸对折，甚至再次对折，一边害羞似的说：“不行啦。好久没画了，手法跟不上想法。”

飞驒连外套也不脱，就在床边坐下。

“也许吧。因为你太心急。不过，那样也好。说明你热衷于艺术。嗯，我是这么想的——你到底画了什么？”

叶藏依旧托着腮，朝玻璃窗外的景色努了努下巴。

“画了海。天海漆黑，唯岛雪白。画着画着，觉得太造作便停笔了。首先立意就显得外行。”

“这有什么关系。伟大的艺术家，都有看似外行之处。那样才好。起初是外行，后来变成内行，然后再变成外行。我又要抬出罗丹来了，那家伙就是个觊觎外行好处的男人。不，或许也不是。”

“我想放弃画画。”叶藏将折起的画纸塞进怀里，然后像是有意打断飞驒般说道，“画画太没劲，慢得受不了。雕刻也是。”

飞驒拢起长发，不假思索地表示赞同：“那种心情我也理解。”

“如果可以，我想写诗。因为诗是直率的。”

“嗯。诗也不错。”

“可是，大概还是很无趣吧。”不管什么他都想弄得无趣，“最适合我的也许是当资助人。赚钱，搜罗许多像飞驒你这样的优秀艺术家，珍若至宝。那样不知如何？说什么艺术，我都不好意思了。”叶藏依旧托着腮望着海，如此说完，静待自己这番话造成的反应。

“不错。我认为那也是一种体面的生活。那样的人没有也不行，实际上。”飞驒一边说着，一边东倒西歪。他觉得做不出任何反驳的自己活像个可恶的帮闲。或许是他那所谓身为艺术家的骄傲，终于将他捧到了这般高度吧。飞驒悄悄做好防备，以应对接下来的话！

“警察那边怎样了？”

小菅突然问道。他在期待一个无伤大雅的回答。

飞驒的不安找到了发泄的出口。

“要起诉。以协助自杀的罪名。”说完他就后悔了，觉得太过分，“不过，最终大概会免予起诉吧。”

小菅原本躺在沙发上，这下霍地站起，双手猛劲一拍，“事情麻烦了。”他本想逗个趣儿，却失败了。

叶藏用力一扭身，变成仰面朝上。

半点儿也不像刚害死人，他们的态度简直太过悠闲了——似乎一直为此愤懑的诸位读者，看到这里要第一次大呼快哉，骂声活该了吧。但是，那太残酷了。何来悠闲可言啊！倘若你能明白他们时刻濒临绝望，坚忍地创造着脆弱的小丑之花的这种悲伤！

飞驒被自己一句话的效果吓到了，隔着被子轻拍叶藏的脚。

“没事的，没事的。”

小菅又躺回沙发上。

“协助自杀罪？”他还在努力起哄，“还有那种法律吗？”

叶藏边蜷腿边说：“有的。属于徒刑。亏你还是法律科的学生呢。”

飞驒露出悲伤的微笑。

“没事的。你哥哥正在妥善处理。别看你哥那样，也是有难能可贵之处的。他很热心。”

“精明强干。”小菅正容合眼，“也许用不着担心，他可是相当足智多谋的。”

“笨蛋。”飞驒忍俊不禁。

他下床脱掉外套，挂在门旁的钉子上。

“我听到一个好消息。”飞驒跨过门附近放着的圆形陶瓷火盆说，“是那女人的丈夫，”他略踌躇一下，垂眸继续说道，“那人今天去警局了。他和你哥谈过，后来我听你哥哥说了两人当时的谈话内容，有点儿被感动了。据说那人声称他一分钱也不要，只想见见你。你哥哥拒绝了。他以病人还很激动为由拒绝了。那人便可怜兮兮地说：‘那么请代我向令弟问好，叫他不要在意我们，保重身体……’”他忽然闭口不言。

他是被自己这番话感动得心潮澎湃了。那女人的丈夫，衣着寒酸，像极了失业者——叶藏的兄长向他这般讲述时，嘴角甚至清晰地浮现出轻侮的浅笑。出于对他忍了又忍的郁愤，飞驒故意夸大其词，替那人美言。

“能见面就好了。多管闲事。”叶藏凝视着右掌。

飞驒肥硕的身躯一震。

“不过——还是不见为好。最好就这样两不相干。那人已经回东京了，是你哥哥送去火车站的。听说你哥哥给了他两百银圆的奠仪，还叫他立下字据，保证今后再无任何瓜葛。”

“实在精明。”小菅削薄的下唇向前努，“才两百银圆？真了不起。”

飞驒那被炭火烘得油光四射的圆脸阴沉沉的，双眉紧锁。他们极端畏惧自己的陶醉被人泼冷水，因此也会认同对方的陶醉，努力应景儿。那是他们之间的默契。眼下小菅正在破坏默契。小菅不觉得飞驒真有那么感动。那女人的丈夫的软弱令人恼火，乘虚而入的叶藏的兄长也不愧是精明人——他一直当作街谈巷议在听。

飞驒晃晃悠悠地迈开步子，来到叶藏枕畔。他极力把脸凑近玻璃窗，直到鼻尖儿快要挨上，就这么眺望阴晦天空下的大海。

“那人很伟大。并非因为大庭他哥哥精明，我认为没那回事。真的伟大。是已认命的人心所缔造的美。今早已经火葬，据说那人抱着骨灰罐只身回去了。他搭乘火车的身影在我眼前若隐若现。”

小菅终于理解了。他当即低声叹道：“真是一桩美谈。”

“是美谈吧？是好消息吧？”飞驒立刻扭脸朝向小菅。他已经消气了，“我一得知这样的消息，就会感到生的喜悦。”

壮起胆子，我又露面了。不然写不下去。这篇小说一塌糊涂。我自己都在动摇。拿叶藏束手无策，拿小菅束手无策，拿飞驒束手无策。他们已厌倦我这稚拙的笔法，开始恣意飞翔。

我扒住他们满是污泥的鞋，尖叫“别走别走”。在这里倘不重整阵容，我自己就先受不了了。

这篇小说根本上很无趣。徒有其表。这样的小说，写一页还是一百页都一样。然而，对此我从一开始就有心理准备。我很乐观，以为写着写着，好歹也该出现一两个值得称道的优点吧。我是自大，可就算自大，难道连一个优点也没有吗？我一面绝望于自己这得意忘形臭不可闻的文章，一面到处翻找，只为寻到那反复念叨着的“好歹该有一两个，好歹该有一两个”。然后，我开始渐渐僵硬，筋疲力尽。唉，写小说只能出自无心！怀着美好的情感，人会创作出丑陋的文学——何其荒谬！给这句话降下最惨重的灾祸吧。不痴迷，怎能写成小说？一个词语、一段文章，若都带着十来种不同的含义，在胸口里冲来撞去，那我只能断笔弃之。不论是叶藏、飞騨，还是小菅，都无须那般装腔作势地夸张呈现。反正底细已然暴露。平常心，平常心。无念无想。

当晚，夜深之后，叶藏的兄长来到病房。叶藏、飞騨和小菅三人正在玩扑克牌。昨天兄长初来这里时，他们应当也在玩牌。不过，他们并非整日只顾着玩牌。毋宁说，他们甚至讨厌扑克牌。非到相当无聊时，是不会拿出来玩的。即便玩，不能充分发挥自己个性的玩法也是一定要避开的。他们喜欢变戏法。自己研究各种扑克魔术并表演，然后故意让对方识破背后的玄机，以大笑收场。还有呢——

把一张扑克牌扣过去，一人说："来，猜这张是什么？"

"黑桃皇后。"

"梅花骑士。"

他们各随己意地乱猜，并胡诌一番别出心裁的理由。翻牌。尽管从来没蒙对过，但他们认为，迟早总会猜中。倘若猜中，那该多愉快啊。总之，他们讨厌漫长的比赛。孤注一掷。他们喜欢瞬间决出胜负。所以，即使拿出扑克牌，玩个十分钟也就丢开了。一天十分钟。如此短暂的时间，两次偏偏都让兄长撞见。

兄长走进病房，微皱眉头。他误以为这些人总是在懒散地玩牌。这样的不幸在人生中屡见不鲜。叶藏读美术学校时，就曾感受过同样的不幸。有一回法语课上，他打了三次哈欠，每一次的瞬间都偏巧与教授视线交汇。的确只有三次。那位身为日本屈指可数的法语学者的老教授，到第三次终于忍无可忍，大声说道："你在我的课堂上怎么总打哈欠！一个钟头足有一百次。"教授似乎有意把那些过多的哈欠次数算作事实了。

唉，看看无念无想的结果吧。我一通闲扯，写个没完。还不得不重整阵容呢。以无心写作的境界，我终究难以企及。这到底会写成怎样的小说？从头回顾吧。

我在写海滨的疗养院。这一带，景色似乎很好。而且疗养院里的人也都不是坏人，尤其是三名青年。啊，这是我们的英雄。就是这个。艰深的理论狗屁不如。我只是在鼓吹这三人。好，就这么定了。不行也得拍板。什么都别说了。

兄长冲大家简单地打了招呼，然后跟飞驒窃窃私语。飞驒点点头，朝小菅和真野使了个眼色。

待三人离开病房，兄长说道："灯光可真暗。"

"嗯。这家医院不准开亮灯。你不坐吗？"

叶藏先落座在沙发上，如此说道。

"哦。"兄长没坐。他似乎对昏暗的灯泡格外介意，一边不住地扭头仰望，一边在狭小的病房里踱来踱去，"好歹，这边的事情算是了结了。"

"谢谢。"叶藏口中说着，稍稍欠身致意。

"我是没关系，但回家之后又要被唠叨了。"他今天没穿裙裤，黑短褂上不知为何没有纽襻，"我也会尽力而为，你最好等身体好转后给父亲寄封信。你们倒是无忧无虑的，但这件事其实很麻烦。"

叶藏没应声。他从散落在沙发上的扑克牌里抓起一张盯着看。

"如果不想寄信，就不用寄了。后天去趟警局。警方特意延期审讯了。今天我和飞驒以证人身份接受了查问。警察问起你平日的品行，我回答说你很老实。又问你思想上有无可疑之处，我说绝对没有。”

兄长驻足，挡在叶藏和火盆之间，他将两只大手盖在炭火上方。叶藏茫然地看着那双手在细微颤抖。

“警察也问了女人的事，我只说毫不知情。听说飞騨也被问到同样的事，他和我的回答好像是一致的。你也照实回答就行。”

叶藏明白兄长的言外之意，但他佯作不知。

“没必要说的无须多说，警方问什么就明确答什么。”

“不知是否会被起诉。”叶藏用右手食指来回抚摩着扑克牌的边缘，嘴里嘟囔道。

“不清楚。这我可不知道。”兄长加强了语气，“反正我估计，你会被警察扣留四五天，去之前做好准备。后天早上，我来这里接你，一起去警局。”

兄长目光落向炭火，一时默然。融雪的水滴声夹杂在浪涛声里传来。

“这次的事要引以为戒，”兄长冷不丁冒出一句，然后以若无其事的口吻流利地继续说道，“你也得尝试为长远的将来考虑了。毕竟，家里不是那么有钱。今年的收成糟透了，虽然告诉你多半也是没用。咱们家的银行现在也正面临危机，闹得不可开交。或许你会一笑置之，但我想不管是艺术家还是什么，首先必须考虑的都是生活。好了，你就当是重获新生，今后试着振作一下吧。我该回去了。飞驒和小菅，最好都在我的旅馆过夜。在这里每晚吵闹，会惹麻烦的。”

“我的朋友都很好吧？”

叶藏故意背对真野睡觉。自那晚起，真野又像原来一样睡沙发床了。

“嗯——那位小菅先生，”她静静地翻了个身，“真是个有趣的人。”

“是啊。他还很年轻呢。和我差三岁，今年二十二岁，跟我死去的弟弟同岁。那小子，尽学我的坏毛病。飞驒很了不起，已经独当一面了。他很可靠。”隔了一会儿，他小声补充，“每次我做出这种事，他都会拼命安慰我。他是勉强自己配合我们。他做别的事情都很厉害，唯独在我们面前战战兢兢的。不行啊。”

真野没回答。

“我给你讲讲那女人的事情啊？”

他依旧背对真野，慢吞吞地说道。叶藏有一种可悲的习性：当感到尴尬时，却不懂得如何回避，只能不顾一切地把尴尬贯彻到底方能释怀。

“说来挺无聊的。”不待真野回应，叶藏便开始讲述，“想必你已听人说过，她叫阿园，在银座的酒吧上班。我只去过那间酒吧三次，不，是四次，真的。因为只有这女人是飞騨和小菅都不知道的，我也没告诉他们。”

算了吧。

“说来无聊，阿园是因生活太苦而死的。直到临死之际，我们彼此似乎都在考虑截然不同的事。她在跳海之前，说什么你长得可真像我家的老师。她有个姘头，据说两三年前还是小学教师。我为何要同她一道赴死呢？果然还是因为喜欢吧。”

不能再信他的话了。他们为何如此不善于自我表述呢？

“别看我这样，之前可是从事特别工作的。撒传单，搞游行，做着自不量力的事。真滑稽。但是，很痛苦。我只是受到‘成为先觉者’的荣耀的唆使罢了。我不是那块料。再怎样挣扎，不也只能是垮掉嘛。像我这种人，也许不久就会变成乞丐。倘若家里破产，当天就会吃不上饭。什么工作都干不了，唉，怕是只能乞讨吧。”

啊，越说越觉得自己是个骗子，不诚实。这大不幸！

“我相信宿命。我不挣扎。其实我是想画画的，极其想画。”

他挠挠头，笑了。

“要是能画出好作品就好了。”

他说，要是能画出好作品就好了。而且是笑着说的。青年们认真起来，什么都说不出口。尤其是真心话，只会以笑掩饰。

天亮了。空中没有一抹云。昨天的雪大半已不见，唯有松荫里和石阶边角处，尚余一点点鼠灰色。海上浓雾弥漫，从雾霭深处传来渔船发动机的声音。

院长一大早就来叶藏的病房探望。仔细检查叶藏的身体后，他眨巴着眼镜后边的小眼睛说："大体上没事了。不过，还是得小心哟。警察那边我也会说清楚的，毕竟身体还没有真正康复。真野小姐，脸上的纱布可以撕掉了吧？"

真野立刻剥下叶藏的纱布。伤口已经愈合，连疮痂都已脱落，成了浅红的斑点。

"说这种话虽然很失礼，但今后请您真正用心学习。"

院长说完，把仿佛带有惭意的目光转向大海。

叶藏也觉得难为情。他依然坐在床上，一边重新穿上脱掉的衣服，一边保持着沉默。

这时，伴随着一阵大笑声，房门大开，飞驒和小菅跌跌撞撞地闯了进来。大家互道早安。院长也向这两人打了招呼，然后嗫嚅道："只剩今天一天了，真叫人不舍呀。"

院长离去后，小菅最先开口。

"真圆滑，脸跟章鱼似的。"他们对别人的脸很感兴趣，想靠相貌断定对方的全部价值，"食堂里有那人的画像，还佩戴着勋章。"

"画得很差。"

飞驒丢下这句话，就去了阳台。今天他借了叶藏兄长的衣服穿，是茶色的厚实布料。他一再留意着领口，在阳台的椅子上落座。

“飞驒这么一看，颇有大师风采。”小菅也来到阳台，“阿叶，要不要玩牌？”

三人搬椅子去阳台，开始了莫名其妙的游戏。

玩到一半，小菅一本正经地嘟囔道：“飞驒真能摆谱。”

“笨蛋。你才摆谱呢。那手势是怎么回事？”

三人轻笑起来，一齐偷看隔壁的阳台。一号房的患者和二号房的患者都躺在日光浴用的卧榻上，被三人的言谈逗得笑红了脸。

“大失败。原来早有察觉？”

小菅张大嘴，朝叶藏使了个眼色。三人纵声捧腹大笑。他们经常扮演这种小丑。小菅一说出要不要玩牌，叶藏和飞驒就已领会他暗藏的意图。他们通晓至落幕为止的剧情梗概。他们一旦发现天然美丽的舞台布置，不知为何就想演戏。那，或许是纪念之意。当前，舞台的背景是清晨的大海。然而，此时的笑声，却造成了连他们也没想到的大事件——真野被那所疗养院的护士长训斥了。笑声响起不到五分钟，真野就被叫去护士长的房间，遭到一顿痛骂，要她确保安静。她泫然欲泣地冲出房间，向已经停止玩牌正在病房里无所事事的三人告知此事。

三人痛切地感到强烈的颓丧，面面相觑了半晌。现实冷笑着发出“快停下来”的呼声，将他们得意忘形的演戏一举摧毁。这，几乎可说是致命的。

“不，没什么。”真野反而似在鼓励，“这栋楼里，一个重症患者也没有，而且昨天，二号房患者的母亲和我在走廊里遇见时，也高兴地说热热闹闹挺好呢。她说每天听到你们的谈话，都被逗笑了呢。不要紧的，根本没人介意。”

“不，”小菅从沙发上起身，“这样不好。是我们害你丢脸了。护士长那女人，为什么不直接对我们说。把她带过来。如果那么讨厌我们，现在马上出院就是。我们随时可以出院。”

三人在这瞬间，都真心实意地做出出院的决定。尤其是叶藏，他甚至想到四人乘汽车沿海边一路逃离的愉快场景。

飞驒也从沙发上站起身，笑道：“就这么办吧。大家一拥而上去找护士长吧。竟敢骂我们，真是个蠢货！”

“出院吧。”小菅轻踹房门，“如此小气的医院，真没意思。骂人不要紧，但是骂人之前的心态太可恶。她肯定把我们当成什么不良少年了，以为是那种又笨又小资又喋喋不休的普通摩登男孩。”

说完，他又更用力地踹了房门一脚。然后，憋不住似的笑了出来。

叶藏扑通一声重重地倒在床上，说：“那么，像我这种人，终归该叫苍白的恋爱至上主义者了。受不了了。”

他们对这种野蛮人的侮辱，仍感怒不可遏，然而终究落寞地改变主意，试图通过适当的挖苦敷衍了事。他们向来如此。

但真野是率直的。她将双臂环在身后，身体靠在门旁墙上，翘起的上唇噘得更尖，说：“就是嘛，太过分了。昨晚，她明明还叫了一大帮护士去护士长室，在那儿玩花牌什么的大声喧哗。”

“没错。过了十二点还在叽叽喳喳呢。有点可笑啊。”

叶藏一边嘟囔着，一边从散落在枕畔的画纸当中拾起一张，依旧仰卧着开始在纸上涂抹。

“因为自己行止不端，所以不懂别人的优点。据说，护士长是院长的情妇。”

“是吗？确有长处。”小菅大喜。他们把别人的丑闻当成美德，觉得很有出息，“勋章男有情妇？确有长处啊。”

“真的，大家讲的话都很纯真，又能逗乐，她怎么就不明白呢？不要放在心上，纵情欢闹就是。没关系的，反正只今天一天。其实你们明明从没被人骂过，都是有好家教的。”真野一只手捂住脸，突然低声啜泣，边哭边打开门。

飞驒拉住她小声说：“去找护士长也没用。算了吧，反正又没怎样。”

真野用双手捂住脸，接连点了两三下头，去了走廊。

“是个正义派。”真野离开后，小菅嬉皮笑脸地坐在沙发上，“居然哭了。她是为自己的话陶醉了。纵然平时说话老成，毕竟还是女人。”

“古怪。”飞驒拖着沉重的脚步在狭小的病房里走来走去，“从一开始，我就觉得她古怪。太奇怪了。居然哭着想冲出去，吓了我一跳。该不会去找护士长了吧？”

“不会的。”叶藏装作满不在乎地回答，将涂鸦的画纸扔向小菅。

“是护士长的肖像画吗？”小菅嘎嘎大笑。

“让我看看。”飞驒也站定探头窥看画纸，“是个女怪物。杰作呀。这个，像吗？”

“一模一样，她有一次曾随院长来过这间病房。画得真好。铅笔借我。”小菅朝叶藏借来铅笔，在纸上添画，“再长一只角。这就更像了。不如贴到护士长的门上去？”

“出去散散步吧。”叶藏下床伸了个懒腰。一边伸懒腰，一边悄悄嘟囔，“讽刺画大师。”

讽刺画大师。我也渐渐厌倦了。这不是通俗小说吗？无论对于动辄便要僵直的我的神经，还是恐怕同我一样的诸位的神经，务求具有些许消毒的意义，是我着手安排这一幕的初衷。可是看来，我这想法太天真了。倘若我的小说写成古典——啊，我莫不是疯了——诸位反而会觉得我的这种注释碍眼吧。擅自展开超出作家本意的推测，大声呐喊其所以为杰作的理由。唉，死了的大作家真幸运。尚活着的愚蠢作者，为使自家作品得到更多人的喜爱，只顾汗流浃背地添加无的放矢的注释，于是创作出还算过得去的充斥着注释的扰人劣作。我可没那种丢下一句“随你的便”就甩手不管的刚毅精神。当不成好作家啊。还是天真。是的。有了重大发现。我骨子里就是天真的人。正是在天真中，我才得以暂作休息。唉，已经无所谓了。别管我。小丑之花什么的，看来也要就此凋谢了。而且，是卑劣地、丑陋地、龌龊地凋谢。对完美的憧憬，给杰作的邀请。“够了，你这奇迹的创造者！”

真野躲进洗手间。她想纵情哭泣。可是，连痛哭都未能尽兴。她对着洗手间的镜子，擦干眼泪，整理头发后，赶去食堂补用早餐。

六号房的大学生，正独坐在食堂入口附近的桌旁，面前放着喝光了汤的盘子，一副心事重重的模样。

看见真野，他微笑道：“那位患者似乎很有活力。”

真野驻足，紧紧抓住桌沿儿答道：“是的。他尽说些天真的话，逗我们笑。”

“那就好。听说他是画家？”

“是的。他常说想画出杰作。”刚说一句，她连耳朵都红了，“他是认真的。因为认真，正因为认真，才会发生令人痛苦的事。”

“是的。是的。”大学生也涨红了脸，由衷赞同。

大学生已确定能于近期出院，故而心胸越发宽广了。

这样的天真如何？诸位，讨厌这种女人吗？该死！尽管笑我迂腐吧。唉，就连休息，都已成了我没脸做的事。我甚至连一个女人，不加注释都无法去爱她。笨男人，连休息也会犯蠢。

“就是那里。那块岩石。”

叶藏指着从梨树枯枝间时隐时现的一块又大又平的岩石。岩石的洼坑里，随处可见昨日的残雪。

“就是从那里跳的。”叶藏像个呆子般圆瞪双眼道。

小菅一言不发。他在揣度叶藏的心理，想他说这话时是否当真平静。叶藏并不平静，但他有着足以把话说得很自然的伎俩。

“回去吧。”飞驒用两手猛地撩起和服下摆掖在腰带里。

三人举步沿沙滩返回。海面风平浪静，在正午阳光的照射下白光闪闪。

叶藏朝海里抛了块石头。

“如释重负。现在跳进去的话，一切都不再是问题。欠款也好，学院也好，故乡、后悔、杰作、耻辱，还有朋友、森林、花朵，统统无所谓。察觉这一点时，我在那块岩石上笑了。如释重负。”

小菅开始到处乱捡贝壳，以掩饰内心的骚动。

“别诱惑我。”飞驒勉强挤出笑容，“这个爱好可不好。”

叶藏也笑了出来。三人的脚步声沙沙作响，在他们听来很是惬意。

“别生气。刚才有点夸张了。”叶藏与飞驒并肩而行，“不过，唯独这个是真的——那女人，在跳海之前呢喃了些什么？”

小菅狡猾地眯起那双燃烧着好奇的眼睛，故意远离二人独行。

“言犹在耳。她说，想讲家乡话了。她的故乡在南方郊外。”

“不行！对我太好了。”

“真的。老兄，是真的。哈哈。就只是那样的女人。”

一艘大渔船正在沙滩上搁浅休整，旁边躺着两个直径七八尺的漂亮鱼篓。小菅将捡到的贝壳，用尽全力扔向那艘船的黑色侧腹。

三人感到近乎窒息般的尴尬。假如，这沉默再持续一分钟，他们也许会毫不犹豫地纵身跃入大海。

小菅突然大叫。

“快看！快看！”他指着前方的海岸边，“是一号房和二号房！”

撑着不合时令的白色遮阳伞，两个女孩正朝这边缓缓走来。

“大发现啊！”叶藏也是死里逃生的感觉。

“过去搭讪吧。”小菅抬起一只脚，抖落鞋里的沙子，凑近了窥察叶藏的脸色。仿佛只待一声令下，他就要拔腿飞奔。

“算了，算了。”叶藏一脸严肃地按住小菅的肩膀。

遮阳伞停下了。她们商量了一会儿，然后一骨碌背过身去，再次静静地迈步前行。

“要不要追上去？”这回是叶藏起哄。他瞄了一眼飞驒低垂的脸，“算了。”

飞驒郁郁不乐。他此刻清晰地感觉到，与这两个朋友渐行渐远的自己那枯竭了的血液。是迫于生活吗？他想。飞驒的生活有些困窘。

“不过，真好呀。”小菅洋气地耸了耸肩。他努力想方设法，试图缓和当下的气氛，“看见我们在散步，就被挑动来了。真年轻。可怜啊。心情变得怪怪的。哎呀，在捡贝壳呢。居然学我。”

飞驒转念露出微笑，撞上叶藏歉疚的眼神。两人都涨红了脸。他们明白，彼此都一心想安慰对方。他们怜惜软弱。

三人吹着微温的海风，边走边望向远处的遮阳伞。

远方疗养院的白色建筑物下，真野正伫候他们的归来。她倚着低矮的门柱，怕刺眼似的用右手遮在额前。

最后一晚，真野很亢奋。便是就寝之后，仍在滔滔不绝地讲述自己朴素的家族和伟大的祖先。叶藏随着夜深，渐趋沉默。他依旧背对真野，一边随口应声，一边别有所思。

真野很快说起自己眼睛上方的伤疤。

“我三岁时，”她似乎想若无其事地叙述，但失败了，声音卡在喉咙里，“据说打翻油灯，被烫伤了。我很乖僻。到上小学时，这个伤更是变大了许多。学校的朋友都萤火虫萤火虫地叫我。”稍微顿了一下，“就是这样称呼我的。每次，我都想一定要报仇。对，我真是那么想的。我想变成大人物。”她独自笑了起来，“很可笑吧。我怎么可能变成大人物呢？不如戴眼镜吧。戴上眼镜，或许还能遮掩一下这道伤疤。”

“算了吧，那样反而可笑。”叶藏像在生气似的，突然插嘴说道。他大概还是老派作风，对女人产生爱情时，会故意显得冷酷无情，“这样就行。并不明显。该睡了吧？明天还得早起呢。”

真野沉默了。明天就要分别。呵呵，原来本就互不相干。知耻吧，知耻吧。我要以我的方式保持骄傲。她一会儿咳嗽一会儿叹气，然后扑通扑通地粗鲁地翻身。

叶藏佯装不知。至于他到底在思考什么，不可说。

比起那个，我们还是倾听浪涛声和海鸥声，再从头回忆一下这四天的生活吧。自称现实主义者的人或许会说，这四天充满讽刺。那么我来回答你。我的原稿，似乎在编辑的桌上大抵充作了茶壶垫，多出一大块乌黑的烫痕送还给我——这是讽刺。逼问妻子的阴暗过去，为之一喜一忧——这也是讽刺。钻过当铺的门帘，还要合拢领口，端正仪表，不让人瞧出自己的落魄——这还是讽刺。我们自身，正过着讽刺的生活。若你不能理解被那般现实击垮的男人所勉强展现出的隐忍，我和你永远是不相干的陌生人。既然都是讽刺，那就来好的讽刺。真正的生活。唉，那太遥远。我至少要慢慢地、慢慢地缅怀这充满人情味的四天。短短四天的回忆，可能胜过五年十年的生活。短短四天的回忆，啊，可能胜过一辈子。

真野那边响起平稳的呼吸声。叶藏难耐翻腾的思绪。他扭转修长的身躯，想朝真野那边翻身，却有强烈的声音在耳畔低语。

停！不要辜负萤火虫的信赖。

夜色泛白的拂晓时分，两人已经起床。叶藏今天要出院了。我一直惧怕这天的临近。那大概是愚蠢作者的懒散感伤吧。我一边写这篇小说，一边想拯救叶藏。不，请饶过这只化身拜伦而失败的满身污泥的狐狸吧。那是痛苦当中唯一的秘密祈求。然而，随着这天的临近，我感到更甚于前的荒凉气息，正向着叶藏还有我悄然袭来。这篇小说是失败的。没有任何飞跃，没有任何解脱。我好像过于在意形式了，致使这篇小说甚至沦为粗劣之作。说了很多本不必说的话。而且，感觉好像忘说了许多更重要的事。尽管这样说有些自负，但我如可长命，若干年后拿起这篇小说，该是何等惨事。想必一页尚未看完，我就会因难堪的自厌而浑身颤抖，掩卷罢读。便是现在，我都没气力回头重读。唉，作家不该袒露自己的面目。那是作家的失败。怀着美好的感情，人会创作出丑陋的文学。我第三次重复这句话。然后，承认吧，我不懂文学。

要从头再来一次吗？在你想来，该由何处着手？

我，或许才是混沌和自尊心掺杂成的一团吧。这篇小说，或也不过如此。唉，为何我要急于断定一切？那种不厘清所有思绪就活不下去的狭隘习性，究竟是跟谁学的？

写吗？写青松园的最后一个早晨吧。只能顺其自然了。

真野邀叶藏去后山赏景。

“风光很美的。现在这个时节，定能望见富士山。”

叶藏颈上缠了条墨黑色羊毛围巾，真野在护士服外面套了一件松叶花纹短褂，红毛线披肩团团包裹，几乎要把脸埋住。二人穿木屐一同来到疗养院的后院。刚进院子，北面就是一堵红土高崖耸立，架着一段狭窄的铁梯。真野率先踏上梯子，轻快地登上山崖。

后山枯草深茂，放眼尽覆白霜。

真野一边向双手指尖哈气，一边奔跑般疾步爬上山路。山路以徐缓的坡度曲折蜿蜒。叶藏也踏霜追随，向着冰冻的空气愉快地吹起口哨。空无一人的山，做什么事都行。他不想让真野生出那样不好的担忧。

两人走下洼地。这里也是枯茅丛生。真野止步。叶藏也在五六步外驻足。旁边就是一顶白色帐篷小屋。

真野指着那小屋说："这里是日光浴场，轻症患者们会裸身聚集于此。对，现在也是。"

帐篷上也有霜华闪烁。

"上去吧。"

不知为何心里急躁。

真野又跑了起来。叶藏也跟在后面。临近落叶松间的林荫小路，两人累了，开始缓步慢行。

叶藏气喘吁吁地大声说："你新年在这里过吗？"

真野头也不回，同样大声答他："不，我想回东京。"

"那，你来找我玩吧。飞驒和小菅也天天去我那儿。绝不会在牢里过年。我想一定会顺利的。"

连尚未谋面的检察官的清爽笑脸，都已在心中描绘。

若在这里结束！老派大师会在这样的地方，意味深长地结尾。但是，叶藏和我，恐怕还有诸位，都已厌倦这种欺骗性的安慰。新年也好，牢房也好，检察官也好，对我们来说全都无所谓。我们难道从一开始就在意检察官什么的吗？我们只是想去山顶看看。那里有什么？会有什么呢？仅是对此寄予了些许期待。

渐渐抵达山顶。山顶地面被粗粗地碾平，露出约十坪[①]大小的红土。中央有一座圆木搭建的矮凉亭，庭石一类的点景闲物，随处皆有安置。万物尽凝霜。

“不行！看不见富士山！”

真野鼻尖通红地大叫。

“这一带，本来可以看得很清楚。”

她指着东方的阴晦天空。朝阳尚未升起。色彩奇异的片片游云，翻涌后沉淀，沉淀后复又缓缓流动。

“不，算了。”

微风拂面。

叶藏遥遥俯瞰大海。脚下就是高达三十丈的断崖，江之岛在正下方显得很渺小。浓稠的晨雾深处，海水荡漾不定。

然后，不，仅此而已。

---

① 坪，日本传统面积单位，1 坪约合 3.3 平方米。

狂言之神

你们禁食时，不可像那伪善之人，面带愁容。

——《马太福音》第六章第十六节

我要记录亡故未久的畏友——笠井一。

笠井一，户籍名手沼谦藏。明治四十二年[①]六月十九日生于青森县北津轻郡金木镇。父亲生前是贵族院议员手沼源右卫门，母名高。谦藏乃家中第六子，自该镇小学毕业后，于大正十二年[②]入青森县立青森中学就读，昭和二年自该校四年级毕业。同年，入学弘前高等学校文科，昭和五年毕业。同年，进入东京帝国大学法文科学习。为年轻士兵。羞臊得要死，一闭

① 公元1909年。
② 公元1923年。

眼就看见各种长毛的怪兽。说笑的啦，正所谓笑谈严肃事[①]。

以“笠井一”开头，到“正所谓笑谈严肃事”，这几行文字被他用毛笔一笔一画地认真写在和纸上，藏于书斋的砚台盒下。窃以为，他提笔时本想将这当作自己履历的草稿，不料一两行写下来，哎呀，他一生的恶癖，羞惭的火焰，犹如浅间山爆发，忽呈燎天之势喷出，以至于“说笑的啦”这韬晦一语不得不意外现身，文章走样成了他平日自负的龙头蛇尾之形，终致弃笔，大抵如是。我在他殁后，即见到这数行文字，惊而凝视，再读，三读，换手持纸，复又注视，却总觉眼花，最终唏嘘不已，一字也未能再读，遂折成四折，放入怀中，内心却似涂满盐巴后被烤焦。

我深感遗憾、惋惜。“为年轻士兵”之后的数行文字深处潜在的不安，乃至极度的羞耻感、自我意识过重、对某一阶级的义心的片鳞半爪——这些东西，统统如澡堂里的漆画，是彻头彻尾的朽物。我以为，较之巧妙数筹地表达这诸般情感的尖叫或嘶哑的低语，在阪东妻三郎的电影名中随处可见。而若无其事地写出自己的贵族血统这一事实，更是女子小人的卑鄙虚饰。然而，当晚令我那般不甘终至放声大哭的，并非这些杂乱

① “笑谈严肃事”语出尼采。

廉价的文字，而是我借着这宛如涂鸦的一片废纸，触及了他至死仍渴求稳定工作并为此汗流浃背、心焦如焚的确凿证据。被三两个评论家或以诚挚的尊敬，或以轻忽的戏谑，称为谎言之神、小丑天才的作家笠井一之绝笔，竟是履历的草稿！我这双眼不会看错，他的毕生心愿，是“想成为像样的人”。这不是傻瓜吗？分明过着一尘不染的清净生活，朋友不乏笃学青年，在创作上本事超群，甚至坐拥让生活无忧的财产，却对工薪族尊崇、憧憬，终至畏惧，对所知的一切工薪族阿谀、追随，令人目不忍睹。早晚的电车里，工薪族挤得水泄不通，他或因愧疚，或感羞耻，或觉恐惧，以致眼前发黑，坐立不安，酷似歌德的俊俏脸庞惨白如纸，战战兢兢地跟我说他到下一站要马上下车。谁知没多久却死了。怪僻作家笠井一自缢身亡的报道，于农历三月中旬，在社会新闻版的一隅悄然绽放。尽管掀起了种种臆测，但无一猜中。谁也不知道他自杀的原因，竟是未能通过首都报社的就业考试。

名落孙山，已是注定。当日一早，他便将乡下大哥前一晚寄来的九十元——夫妻俩一个月的生活费——的支票带在身上，大白天喝得烂醉，徘徊于银座街头。疲老的帝国大学生，袖口破烂，套着细长似蚊子腿的裤子，披着鼠灰色风衣，不可思议的是，竟与波德莱尔年轻时的肖像一模一样。他把破帽子重新戴在后脑勺上，身不由己地走进歌舞伎座[1]的一幕见席[2]入口。

舞台上菊五郎扮演的权八身穿翠绿欲滴的家徽和服，扎着红绑腿，啪啪击掌，低吟着“祸从口出”。他不禁呜咽起来，没勇气再看下去。演出期间场内须保持安静，因此歌舞伎座里虽然各色人等多达一两千，却鸦雀无声。他悄悄走下楼梯，来到外面，街头华灯已上。他想去浅草，那里有一家能吃到野猪肉的小饭馆，名叫瓢屋。四年前的今日，他曾对那家店里资历最浅、专门跑腿的一个女孩说：“我若发迹，一定娶你。”她那时十五六岁，眼神清澈。

那类饭馆的顾客多是木工、瓦匠、脚夫之辈，戴方角帽的大学生似乎极少见，唯独这家店，他可以随时去，六名女侍都会殷勤招待。受人侮辱、被人践踏、遭人唾弃时，他就卖书，凑够区区三元，便混入浅草的人堆。他借着店里那一壶十三分钱的酒买醉，美美地同六名女侍嬉闹。他向其中一名分外惹眼、颇显寒酸的女孩高声承诺，将来要娶她为妻，还不动声色地许下三四个取悦女人的虚伪誓言，使得女孩对他渐生依赖。然后奇迹出现了。从确定关系的那一夜开始，女孩出落得越发漂亮起来。三年前由春至夏，不足百日光景，女孩连发型都变得高雅了，甚至鼻子似也挺拔了些，额头、

---

① 位于东京银座的歌舞伎专用剧场。

② 供观众只看全剧其中一幕的席位。

下颌和双手都略微变白皙了，也许是化妆技巧有所长进，她确已当之无愧地具备了令大学生为之疯狂的气质。有钱的夜晚，再多、再多的钱，都被她骗去，落得囊空如洗，而他却深感，如此被女人骗乃可喜可贺之事。女人从大学生那里得到的钱，一分也没花在自己身上，全分给了五个女侍姐妹。到浅草祭临近，人们忙着挥团扇驱赶小腿上的蚊子时，她已成了那家饭馆的招牌。不是神的错，是人创造了维纳斯。女人日益忙碌，逐渐疏远乃至离开了恩公，大学生也一下子销声匿迹了。对他而言，困难的日子开始了。

那晚，他逃离歌舞伎座，在阔别一整年的瓢屋里喝完清酒喝啤酒，喝完啤酒换回清酒，清酒喝完又换啤酒，二十来枚五十分银币，如流水般被消费掉了。

“三年前，我曾在这里明确许诺。如今我发迹了。你是好孩子，去把今早的报纸拿来。你看，喏，上面有我的照片。这个，是我的小说出版的广告。照片像在哭鼻子？是吗？应该是在微笑吧。诺言已经忘了？啊，等会儿，等会儿。这是替我找来报纸的谢礼。”

又随便挥霍掉两三元，忽然想起姐姐，猛烈的呜咽一股脑地涌上鼻腔，抓住三十来岁的新内游唱[①]艺人，向其劝酒，

① 净琉璃流派之一“新内调”的一种演奏形式，由艺人弹奏三弦在街头边走边唱。

游唱艺人忽视了客人的年轻，奢侈地要了威士忌。

“哎哟，这可真是失敬，失敬。”

慷慨的年轻客人被诓，请艺人喝了一杯威士忌，还问他要不要吃什么。新内艺人越发掉以轻心，手托着腮，回答想吃茶碗蒸，目光透过墨镜，闪烁着轻蔑的微笑，显得颇为得意。

“喂，新内先生，你这人，骨子里可不是艺人。看你的态度倒是蛮有自信，我猜你不是历史悠久的烟袋店的少爷，就是三代相传的柴鱼批发店的幼子，对不对？”

新内艺人将化着淡妆的小脸突然凑近，怕被旁人听见似的悄声说道：“米店，米店。”

这时，久保田万太郎出现了。店里的十盏电灯已经熄了七盏，正当心感孤寂之时，一个五十多岁的红鼻子商人，一本正经地走了进来。女侍纷纷起立相迎，齐声高喊：“哎哟，大哥！”

我起身近前一步，道声失礼：“您是久保田老师吗？我是今年帝大文科的毕业生，也曾卖出不少稿子，可至今仍寂寂无闻。今后还请多多指教。”

我以直立不动的姿势如此请求，令商人失去了在鼻尖前轻轻摇手说“认错人了”的机会，于是他似乎打定了干坏事的主意：好，既然势所难免，我就假扮成那个什么久保田老师吧。

“哈哈哈。好了，坐吧。”

“是。”

“边喝边聊。”

“是。”

“来一杯。”

“是。”

就这样，我像士兵似的端起肩膀，在对方劝邀的椅子上落座。

“在这种地方竟会遇见老师，实在意外。您每晚都来这里吗？前几天晚上，我拜读了大作《千人风吕》，十分兴奋，应该还冒昧地写了封信给您。”

“那个呀，我告诉你，是丢脸之作。”

“抱歉，我记错了。《千人风吕》是葛西善藏先生的作品。”

“真是的。”

莫名其妙的问答持续。不久，久保田便提出精神、流派、现象之类的艰涩词语，开始了关于年轻作家读书力减退的说教。我一想到这人没准儿真是久保田万太郎，顿时酒也醒了，总觉得越来越无聊，便踉跄起身，说：

“老师，那我告辞了。我现在要去旅行。对，把这些钱花光为止。”

边说边稍稍露出内兜里的两三张十元纸币给对方看，然后走出店门。

啊啊啊！今晚实在愉快。跳进大河吧，冲上铁轨吧，吞药自尽吧！凭着给新内艺人和商人这两个生活人予以自信的善根，就不虞堕入地狱，当可安然往生。然而，当自己处在轻易就能坐上出租车回到荻洼家里的状态，就会萌生退意，很难赴死。总之，我要离开东京，哪怕踏出一步、半步也好。无论如何，就趁今夜，必须先去到回不了头的地方。

“到横滨本牧两元如何？不行就算了。”

“两元顶好，英雄所见略同。”

在疾驶的汽车角落里，我号啕大哭。还说什么亡故未久的畏友笠井一，统统都是我太宰治一人的遭遇。事到如今，不该再做多余的计划。我明天就要死了。尽管如此，从一开始就有意为之的地方，还是说与人知吧。我完全照搬了日本某位老派大师的文体，企图借他人之口表述我太宰治，如若不然，患有自我丧失症的我，可能连一句关于自己的话也讲不出来。大树底下好乘凉，不如让鸥外[1]也就是森林太郎，来讲述其年少好友笠井一这位早逝作家的生平，并记录其自缢始末。那位老派大师的手记，才是完成《狂言之神》这篇小说的预定计划。唉，

① 即森鸥外。

已经无所谓了。文章现出一种异样的调子，我就这样一帆风顺地飞驰吧。就是这个，真正的浪漫调。努力哉。今日不知明日事。汽车停在本牧的一家宾馆前。觉得有个女人长得像拿破仑，然后被她领进卧室一看，枕畔果真端正地摆放着拿破仑的照片。看来任谁都这么觉得，才终于感到喜悦、温暖。

那晚，拿破仑教会我一种前所未知的玩法。

次日凌晨，下雨了。打开窗户，是宾馆的后院，一片绿草茵茵，宛若牧场。草原对面，红而混浊的大海被低沉阴晦的天空挤压，缓缓摇晃着沉重的身躯，白浪不兴。窗下，被遗弃在草地上的略有破损的白袜遭着雨淋。身披女人的青色条纹短褂伫立的我，如同被人拿锥子在腋下刺一下，搔一下，再刺一下，简直受不了。

“可以去看博览会嘛。”南方口音的拿破仑君，用一如昨夜的闲雅口吻如此建议。

热闹的万国旗倏然浮现于脑海。

“笨蛋，我要去大阪，还要去京都，还要去奈良，还要去新绿的吉野，还要去神户，还有尼亚加拉。”说着，我冲她豪迈地哈哈大笑。

“失敬。”

“再见，哎呀，下雨啦。”

“给你，伞。”

“看来有人喜欢我呢。那伞，我出五元买下。”

大家哄然大笑。

啊，真想在这里玩。想玩。头晕。泪涌。但是，我忍。我没钱。今早在厕所，仔细一查看，只剩十元纸币两张，五元纸币一张，以及零钱两三元。一夜之间就花掉了六七十元。是在哪里、怎样花掉的呢？毫无头绪，命不久矣。不想在困窘的心境中死去，要把二三十元满不在乎地塞进裤袋，就这么放着去死。生来头一回觉得必须节俭才行。撑着花洋伞匆匆赶赴火车站，把伞扔在候车室，到问讯处打听江之岛怎么走，问过之后坦率首肯：啊，果然，赴死首选江之岛！于是心情略微平静下来，乘上站务员告知的那班火车。

飞逝的群山、街道、木桥，每一样都眼熟。则七年前的当时，果然也是坐的这趟列车吧。七年前，据说还是个年轻的士兵。啊，羞死人了。一个没有月亮的晚上，我独自逃走了。剩下的五位同伴，都丧了命。我是大地主的儿子，而地主无一例外，都是你的仇敌。等待着身为叛徒要受的严酷刑罚，等待着被击毙的那天。但我是个急性子，等不及就戮之日，便企图自我了断。选择了适合衰亡阶级的无耻、颓废的死法，因为想让更多人审判、嘲笑、谩骂我。我企图和有夫之妇殉情。我，二十二岁；女人，十九岁。腊月，严寒夜半，女人穿着大衣，我也没脱披风，双双跳入大海。女人死了。我要告白：在这世间，我只尊敬这个人，这个身材娇小的女性。我锒铛入狱，以协助自杀罪这一匪夷所思的罪名。当时跳海之地，就是江之岛。

（我想告知诸位，谋求殉情非只出于前述诱因，还牵涉其余种种事端，下面本已将那晚的追忆整理成三页记录，却遇到难以忍受的困难，现在统统删了。读者大可不必刨根问底，期待他日的故事即可。）

我从翻腾的追忆中醒来，在江之岛下了车。

这一日劲风呼啸，约百名士兵聚在通往江之岛的桥畔，席地而坐，一同吃着便当。当这么多人的面跳海，结果怕是只让两三名擅长游泳的士兵徒自扬名罢了。我只朝狂暴的灰色大海瞥了一眼，就放弃了。走进桥畔一家叫望富阁的围着苇帘的饭馆，要了一瓶啤酒。一边像用舌头轻舔般无精打采地啜饮，一边恨恨地眺望狂风深处黄尘笼罩的江之岛。弓着背，托着腮，约有半个钟头一动不动。真想就这么坐着一死了之。以前从未觉得，报纸上的一个个铅字竟是那般污秽。鼠灰色风衣、身材细长的帝国大学生、有弓着背茫然托腮的习癖、因企图自杀而离家出走。这样的报道即使此刻现于眼前，我也不会稍动眉头。可悲的是，我已失去惊讶的力气。虽然没有关于我的报道，但东乡先生的孙女[1]声称想独力工作生活之后下落不

① 海军大将东乡平八郎的孙女良子。

明的事实，却被低俗歪曲地报道出来。士兵们纷纷拥入望富阁的餐厅，由于来势太猛，撞翻了我的桌子。杯子和啤酒瓶都没摔破，但剩余的大半瓶啤酒，分明冒着白沫洒了出来。两三名女侍听见动静，踮脚看着这幕光景，满脸的理所当然，什么也没说。声音突然消失，仿佛变成默片的瞬间，静悄悄的，令人陷入一种如同猫儿行走在天鹅绒上的奇妙感受。我故意缓缓起身，不顾将此举视为发狂前兆而心下惴惴的众人，结账后走出饭馆。顿时烈风扑面，风衣下摆豁然掀起，一撮小碎石被风裹挟，照准脸颊打来，噼啪爆裂。我紧闭双眼，对自己低语：今晚就死。在道路中间久久伫立，陷入仿佛众人尽皆远去，世间独余我一人的心境。睁开眼时，已完全丧失意志，如幽灵般行走，来到海岸。乌云弥漫，天空既暗且低。放眼望去，了无人影。一艘行将腐烂的渔船，被遗弃在沙滩上，船身倾翻，露出漆黑的腹部，除此之外，连一只狗崽子也没有。我将双手插进裤兜，在原地徘徊游荡，满头大汗地搜寻可描述眼前大海的形容词。啊，我不想当作家了。

一番挣扎后觅得的句子是："江之岛的海，大煞风景。"

我一骨碌转身背对大海。此处海水很浅，就算跳进去，怕是也只能浸湿膝盖吧。我不想失败，必须选择一个即使失败，事后也能佯装不知的明智方法。不想因自杀未遂而被人盘问，遭受身陷囹圄的耻辱。后来走了多远？百余种各色计划如两国[1]的烟花般一闪即逝，一闪即逝，始终拿不定主意，就这样恍惚地乘上了开往镰仓的电车。今晚，我就要死了。那之前的数个钟头，我想用在幸福上。哐啷哐啷——我被慢吞吞的电车晃来荡去。不是阴郁，不是荒凉，不是孤独至极，不是智慧之涯，不是狂乱，不是荒谬，不是号泣，不是苦闷，不是严肃，不是恐惧，不是刑罚，不是愤怒，不是谛观，不是秋凉，不是平和，不是后悔，不是沉思，不是算计，不是爱情，不是救赎。能用言语那般华丽夸耀的情感幌子，我身上一个也没有。我并不深刻，只是在电车角落里如一介贱民般冻得发抖，眼珠滴溜乱转。途中经过了青松园这所疗养院。七年前的腊月，月红如血之夜，女人死了，而我被这家医院收治。在这里玩了一个来月，想让身体恢复。而那一个月的生活，虽不明显，却让我知晓了生的喜悦。其后七年，在我像是五十年，不，仿佛经历了十种人生般，发生了种种困难，每次我的忍耐似乎全是徒劳，无法过上正常的生活，这次又抱着死的目的，独自来了。疗养院亦已承受七年风雨，原本涂着纯白油漆的离宫般的铁门已变作鼠灰色，七年来，那在我眼里原本越发鲜明的燃烧般的青色屋瓦，也已斑驳发白，到处都用黑色日本瓦修缮过，显得腌臜而冷淡，完全是一副陌生人嘴脸。七年间，在别人看来，

① 日本东京都墨田区两国桥一带，是烟花大会的兴起之地。

我的微笑，我的姿态，或许比这栋建筑物更肮脏吧。咦？还真是不可思议。那块岩石不见了。

“喂，这块岩石，你不觉得像母亲吗？温暖，柔软。我喜欢这块岩石。”

女人边说边抚摸的、我也深有同感的那块平整的岩石，不见了。临跳海前还在上面嬉闹的那块岩石不见了。这不应该。总有一边是梦。咣当！电车重重地一震，驶入房屋林立的陌生村落。令人欣慰的是，那天，我甚至是健康的。肚子有点饿。我拜托售票员随便找个热闹的地方让我下车，不一会儿，对方说这里就可以，我慌忙下车。此地是长谷。雨水濡湿脸颊，使我感到大清净，很高兴。两个成熟的女学生，没带雨伞出不了火车站，似是陷入窘境，却仍轻声笑着，在约莫一坪大小的候车室角落里优雅地紧紧相拥。当时的我若能有一把伞，也许就不用死。溺水者的一根稻草。重重地、险险地，打了个踉跄。我发誓，要为你努力不惜粉身碎骨。我会活下去，所以请别骂我。但是仅此而已。所谓“不语似无愁[1]”。我怀着万千思绪，凝视着二人之中蹙着竹叶眉轻笑的娇小女子，可她似乎终究未能领会我的眼色。我尽可能轻快地一转身跃入雨中。做不到燕子那样，险些滑倒。真想回

① 原诗为“君看双眼色，不语似无愁”。白隐禅师所作。

头看啊。打住！赶紧跑进正对面的饭馆。昏暗餐厅的墙上，嵌着一面大大的理发店镜子，我的脸正瞪大黑眼珠，带着讨好的微笑。没想到是张挺显福相的脸。我想立刻烂醉，一边狂嚼牛肉火锅，一边轮着喝啤酒和清酒。我告诉你，有些东西是无法蒙混过去的。怎么喝都没能醉。相信我。镜中的我的脸上，泛着不属于这世间的极柔和的忧色，因而高雅，在这家以车夫马倌为常客的恶臭弥漫的廉价饭馆里，正独自拨弄牛肉火锅里的大葱的男人的脸，据说和不能笑的耶稣基督一模一样。

中午拜访了作家深田久弥，因为他的一篇精彩的小说，我想和他谈谈。相州镰仓二阶堂。住址也没忘。我曾三度寄去长信，每次都收到令人愉快的回复。正如我喜欢那位作家，他也喜欢我——不知从何时起，我单方面地如此断定。余时无多，必须用在幸福上。我一秒也未犹豫，就决定了。当时的我，无暇考虑比拜访深田先生更大的幸福。雨停了，云如飞箭疾驰，自处处云絮间隙，现出如洗碧空，风仍很劲，不法之徒奔走街头，我也不甘示弱，顶风迈开大步。成了可耻的少年。千里马需千里粮。我戏谑地嘟囔着，顺脚拐进香烟铺，买了两盒骆驼牌的高价外国香烟，装作不良少年，偷吸两口，慌忙把烟碾灭。一个佝偻着腰的矮小巡警，负手在马路中间闲逛，任由风吹。我问他去二阶堂怎么走。我真是慧眼如炬。这位老巡警果然成了令我难忘的一个人。他几乎要拉住我的手，以好像很腼腆的期期艾艾的口吻反复告知。搞什么，原来二阶堂就在前面。我以虔敬的诚心，向这位疲老的生活人道谢，按其指点的路线准确无误地转了三个弯，在第四个拐角，立刻发现了深田久弥的朴素的门牌。他家比我预想的还要气派十倍，令我不禁喃喃赞叹，同时内心大喜，微笑怎么也止不住。登上石阶，叩响大门，向出来的女佣大声报上姓名。

“可喜的是，主人在家。”

用右手背悄悄抹去额上的汗，我被女佣领进客厅，故意像高才生般笨拙地端坐，望着铺满草皮的庭院，心里觉得很踏实：只靠一支笔，就能过上这样的生活。我发出一声与今夜将死之人很不相称的叹息。略感狼狈之际，蓬发花颜的主人像从照片里直接走出来似的现身了，我们互道初晤的问候。但对我而言，他并不陌生，前年春天突然离我远去的朋友久保君，在三四年前的这个季节，确也曾如此告诉我：

“我昨天见过深田久弥。他拥有日本作家几乎绝无仅有的非文学的家庭生活，甚至由于太温顺，使我暗暗腹诽嘲笑‘深田久弥这个笨蛋’，并为这时隐时现的极不可取的错觉而困惑。他就是这样善良得不得了的人哟！”

眼下，我也与他如此对坐，不禁想起久保君的遗际，还有那句悖礼的“深田久弥这个笨蛋”，感觉犹如搭上了安稳如山的千石大船，戒心大减。事到如今，完全没有必须论战的必要，一切言语都嫌啰唆，我们只是久久地望着庭院。我形而下地充分伸展四肢，不晓得究竟该把我如今的丰饶多产告与谁人知。保田与重郎[①]先生大概甚至会眼含热泪，再三首肯吧。一想到保田的那个背影，这回是我泫然欲泣了。

“我苦于写小说越来越难。”

“是吗？可是……”

对方支支吾吾，似有异见。我温柔地告诉自己，《威廉·迈斯特》不是绞尽脑汁写成的小说。原来如此，原来如此。我明白了，然后，感觉到安静、温暖。我忽然想下象棋，便邀对方来两盘，深田久弥也笑了，欣然应战。我想来一场日本最高雅、最从容的比赛。我第一盘赢了，第二盘因性急而告负。我觉得我更强一筹。深田久弥是日本首创“精神的女性”的一流作家，对于此人以及井伏鳟二先生，必须更加重视。

“就当一比一。”我边把象棋收进盒里边说，“改天再决一胜负吧。”

这将成为深田先生关于太宰的唯一一段遗憾的回忆。“一比一。他说改天再决一胜负，我本来也很期待呢。”

---

① 日本文艺评论家。太宰治的友人。

来这里的一路上，我本是打的坏主意，想邀深田先生散步再一起酗酒，还准备了两三句梅菲斯特的耳语，可是触及如此平静的生活，我甚至连粗气也不敢喘，只感到如掌托樱花瓣般的痒，这令我本已充分伸展的四肢都萎缩了，渐渐喘不过气，很快就咔吧一声蔫了。我有口难言，宛如被驯服的母豹，就这样悄然告辞。庭院里盛开的桃花目送我离去，我不由得回头，但并非看花，而是盯着桃枝上的打摆子般的绳子。把那绳子装进兜里带走吧。站在门外的石阶上，凝视遥远的地平线，远天的茜色之美渗透五脏六腑，那一刻，我深感愁闷、凄怆。不如掉头回去向深田久弥倾诉衷肠，二人一起抱头痛哭吧。笨蛋。肮脏。千钧一发之际，我忍住了。将这双高腰皮靴的两根鞋带接在一起，如果太短，衬裤的腰绳还有二尺。决定之后，我像个大盗般快步前行，迎着风，走在黄昏的街头。路旁灰白色的日莲上人街头讲道遗址，蓦地闯入视野，"时不利我"这一粗鄙之语竟脱口而出。

"咦？"我不禁微感讶异，驻足质问，"是因败给了季节才要死吗？难道说，果真如此？"不。我得到否定的答案，这回开始缓步前行。倘能确信死后更安乐，我将毫不犹豫地赴死，如此毫无罪愆，但出于除自尽外再不知如何表达自我意志的伶俐，出于深沉的慈爱，我怜悯这群如一掬清水般柔弱的青年。我甚至准备了一套不可动摇的哲理体系，能证明劝人去死的建议绝非恶魔的耳语。于是，对当晚的我而言，自缢酷似健康的养生之术，是经过周密计算得失后的结果。我是为了坚强地活下去，才要去死。事到如今，无须多言。只要铸就一道通向死亡的笔直、明快、完美的模具，我就像被熔化的铅液，快速注入模具即可。为何选择自缢的方式？不是模仿斯塔夫罗钦[①]。不，说不定，还真是。自杀之虫的感染，实在三倍于黑死病，其波纹的扩散，比王宫丑闻的窃窃私语还要迅速十倍。对于细心谋求安乐往生——甚至在绳上抹肥皂——我也极为赞成，学医的外甥也说，这五年来在日本，自缢有百分之八十七的成功率，而且几乎毫无痛苦。我曾一度吞药自杀失败，一度投水自尽未果。日本的斯塔夫罗钦君既然选择自缢这种手段，就没必要一直在房间里走来走去，百般烦恼。我本想投宿旅馆，清洗身体，穿上旅馆的崭新浴衣，死得干干净净，却又念及我的皮囊会给那栋建筑物造成无可挽回的巨大伤害，将朴素的一家子——怕是有五六人——踹落入悲惨的境地。我来到镰仓站前繁华街道的入口，一骨碌向右转身，沿方才行来的昏暗道路慢吞吞地往回走。车站附近酒吧的无线电广播追着告诉我：此时是差五分钟八点，台湾正在下暴雨，电台的实况广播到此结束。这是一条不见人迹的路，如果糊里糊涂地待到很晚，

① 陀思妥耶夫斯基的作品《群魔》中的主要角色。

马上就会被人怀疑。“好事宜趁早”这句俏皮话浮现心头，然后，突然想起两三个亲人的遭际，我拐进路旁的杂树林，就像继续行走在道路上一样。这里是个坡度徐缓的小高岗，风至今未息，吹得杂树枝条飒飒作响，我颇感寒冷。随着夜深，我被怀疑的可能性也越来越大。我生怕遇见人，继续朝林中更深处行去。一直走一直走，定不下埋骨之所。不久，就在我的鼻尖前，一堵丈余高的红土山崖岿然矗立。仰头一望，崖上许是建有神社，立着同我身高相仿佛的小牌坊，常绿树繁茂，其幽美吸引我拨开芒草和野蔷薇，搜寻上崖之路，却怎么也找不见，最后只好用指甲抠住山崖的红土攀爬，两度嘟囔：没有月牙白毛的熊，没有月牙白毛的熊。好不容易抵达崖顶，俯瞰脚下，镰仓街头稀落的人家灯火，仿佛触手可及。熊转来转去找地方。我不是在用药物麻痹头脑，亦非借酒壮胆。裤袋里有二十几元钱。我要秉持一丝不乱的井然意志去死。等着瞧吧。我的心智，直到死前一秒也不会蒙尘。然而，暗地里却在意着形象。我希望留下清洁而忧郁的身影。吊在手臂粗的树枝上，一瞬间，想到了紫藤花。我绝望了：果然还是不行。别说忧郁了，根本就是一副呆相。而且与传言不符，太痛苦了，我不禁“啊啊”地惨叫，声音之大甚至形成回响。

我试着嘟囔了一声：“不轻松呢。”特别特别喜欢自己的那个声音，然后，突然忍不住流泪了。临死前的心头，有各种花的影像如走马灯般转圈闪现，是热闹的根由，但我完全不行了。我像一只被钓起的蝾螈，徒自挣扎手脚。形象之呆笨令我由衷服输，连我心里的寒碜作家都露面说：“人类最悲痛的表情既非眼泪亦非白发，更不是眉间的皱纹。在最苦恼的场合，人是默默微笑着的。”气息微如虫豸，感觉中，仿佛每过半个钟头才若有若无地呼吸一次。哭声细若蚊蚋，痛苦却越发剧烈，头脑反而一片清明，毫无昏厥迹象。这么一来，我不得不束手等待喉咙软骨破碎的那一刻。唉，我选了多么不机灵的死法啊！

陀思妥耶夫斯基不了解自缢的痛苦。我睁大双眼，坚定地等待昏厥。而且，我知道当时自己的脸什么样。这双眼看得很清楚：整张脸呈暗紫色，两边嘴角冒出白沫。在中学时期的柔道比赛上，我曾见过同这张脸一模一样的肿胀的河豚脸，当时还觉得非常滑稽，心想犯不着坚持到口吐白沫的程度吧。一想起那个柔道选手，我立刻感到自身受了严重侮辱，愤怒得战栗。停！我伸出胳膊，不管三七二十一地抓住树枝。野兽般的咆哮不禁自心底喷出。曾听过一支外国香烟与一条人命等价交换的故事，我的情况，正是如此。我拿掉绳子，趴伏当场，就那么死人般地瘫了一个多钟头，甚至不能如蚂蚁般稍动一下。那一刻，我想起口袋里的高价香烟，开心得不得了，像被弹簧顶开一样霍然起身，用颤抖的手指撕开封口，将一支烟叼在嘴里。就在我身后，响起沙沙声，感觉肯定有人。我一点也不怕，只是沉醉于香烟，片刻过后才慢慢回头。映入眼帘的，只有沐浴在月光下，洁白如象牙的小牌坊，除此之外，连一只小鸟的影子也没有。啊，明白了。刚才那动静，大概是死神逃走的脚步声。尽管很同情死神大人，但同情归同情，香烟这东西，真是美味啊。成不了大师没关系，写不出杰作也没关系，把喜爱的香烟在睡前抽一支，工作后抽一支。那等可耻而甜蜜的小市民生活，不瞒诸位，我开始觉得自己也能毫不勉强地做到，于是思忖着“俗物的纯粹度”这一颇不适合故纸堆里的凶兆论者的题目，眼睛不慌不忙地四下搜寻深田久弥家的灯光——是那个吗？还是这个？

唉，没想到，竟是如此幸福的结局。我就此搁笔。读者想必也会再次露出明朗的微笑，但微笑归微笑，还是会提防着悄悄小声嘟囔：

“什么玩意儿！”

虚构之春

腊月上旬

某月某日

太宰治先生：

足下所嘱稿纸五百张，听闻悉已入手，小生亦可安心矣。向来多蒙关照，深为感谢，更兼此番来信，对小生之流亦不吝诚恳忠告，劝小生切莫滥用文坛通才。不知缘何，小生如遭迎头棒喝，一整日骑车且游且思。坦白而言，小生似已早生预感，或有一日当受足下和吉田先生如此告诫，以致这痛脚被狠狠戳中。话虽如此，来信业已欣然拜读。足下心忧之事，小生也想汇报：已在逐步改正。此举乃出于前陈之预感，仅此当亦可得蒙首肯。无论如何，小生重申，足下来信已欣然拜读，万事还望海涵，同时力求足下见小生不止不厌，更能由衷喜欢。烦请足下代小生问候吉田先生，寄望经此绸缪，则日后晤面之际，小生亦能免于羞怯，在无言中互通有无。另，此事或已入足下之耳：据英雄文学社秋田先生所言，上上个月所谓四名新人之作品中，足下文章最受好评，故而下回仍有赖于足下。我虽为商人，却对人喜恶分明，所喜之人得了好际遇，我如自家事一般欢欣。因我喜欢足下，有意分享上述喜悦，更兼秋田先生所言，若足下尚未闻知，则此消息或可在工作上于足下或有助益，故有此信。并且，我曾大体试想，足下之洁癖或致足下复见恼于我之此举，然我心意既不失纯粹，足下倘因此生气，错即在彼，是以特地见告。然望足下斟酌者乃是，我所厌之人，并非从不买我店稿纸之人，而指栖身文坛却无艺术家胸怀之徒。至少其间不该掺入半点功利之心。至少此事，还望能获足下认同。

——欲言之事尚有许多，然恐劣文致足下误会，兼之明日尚须谋生，时间所限，请允我今日就此停笔，待雨天歇业之时，再从长道来。

又及，秋田先生所言系我自深沼家处所闻，写此信与足下之事如若外泄，不光平白显我多舌，亦有愧于秋田先生，故请足下记在己心即可。不过，我同两三位作家主顾聊天之余，或可漫然言及，太宰先生之作据传风评最佳。

又，关于足下责令我“停止评论作家人品”之用意，我很清楚，但我自有主张，所以才说欲言之事尚有许多。择日再写。请保重身体。劣文言不及义，请足下自行解读。于身旁十五岁、八岁、一岁孩子之睡息声中，趴在被窝里写成此信，失礼之处尚祈见谅。

田所美德敬复

十一月二十八日深夜两点钟

*　*　*

太宰治先生：

我愉快地拜读了《历史文学》所载大作。上田乃小生自一高[①]时代的友人，但那厮为人着实讨厌。然吉田洁其人似在十一月刊替上田撑腰，絮絮叨叨颇多不满。如若方便，先生何不对其稍置一言。十二月刊现正编辑，倘能于一两日内收到尊稿再好不过。请务必应允。定然严守秘密。若能署以本名，不胜荣幸。

栗饭原梧郎敬上

十一月二十九日

*　*　*

《盲草纸》的校稿确已收到。承蒙关照，不胜感激。现下

① 旧制第一高等学校的略称。

校对临近尾声，忙得不可开交。改日再叙。匆匆。

相马闰二敬复

某月某日

太宰治：

最近，你挺能耍威风呀。你该感到羞耻才是。

事到如今就别跟旁人比较了，那样颇类池塘岩石上的龟首哟。

收到稿费通知我。看来，我似乎比你更期待呢。

充其量不过是两三则短篇的约稿，就自以为是名扬天下的太宰治了？心虚吧？倒是不用品尝无名之辈的喜悦了呢。邓南遮在湖畔默默生活了十三年，实乃美事一桩。

吉田洁

*　　*　　*

太宰治先生：

某本书对你的批评中，有一处言及“傲慢的艺术”云云。批评者说，你的艺术失之则更有趣味。我反对这个意见。在我看来，太宰治就是个爱哭鬼。这也是我喜爱太宰治的原因。言语若有冒犯，深表歉意。然而就是这爱哭鬼，却硬如磐石，身受飞沫迸溅，咬紧牙关坚忍。

——好久不见。

——“He is not what he was.”吗？

世田谷林彪太郎

某月某日

太宰学兄：

仁兄之短篇集，想来年内至少当可将校样与您过目。兄之盛情，铭感五内。唯恐有负兄之厚意。仓促之间，仅叙要事。前、后略[1]。

高折茂

书于大森书房内

*　*　*

太宰治君：

我最近在看绿雨[2]的书。前阵子读了文部省出版的《明治

① 略去书信首尾的祝颂套话。下同。

② 斋藤绿雨，明治时期的小说家、评论家。

天皇御集》。我是想看看日本民族中血统最纯粹的作品，便一读历代皇室诸人之作。结果，我逐渐得出这样的见解：明治以降的大学俗学家们在日本艺术血统上的意见应悉数予以否定。我知你总是磨利笔锋著文，但这是我初次写信给你，所以用剪刀剪去了笔锋。当然这剪刀不是审阅官的剪刀。而且，你该知道 Das Man①吧。不是 Deru Man，所以我不考虑对你的作品做 Man 的加减乘除。建立自信岂非如建立空中楼阁一样愉快？只是为此你磨笔锋，我用剪刀，届时亦可毫不犹豫地宣称：我理解人了。据说，建造法隆寺塔的木匠在拆除围栅之前，一直不敢确信该塔能够建成。尽管如此，我想这大概与自信无关。不仅如此，据说无论塔最终建成也好，还是在拆除围栅的同时倒塌也好，那人都难免发疯。懂得这种艺术体验上的人工极致的人，大概就是你了。因此愚以为，你连表情都想表现出来，是当前唯一值得骄傲之处。听说你生病了还喝酒抽烟，则你大可以早晚如厕为傲。正因缺乏这样的精神涵养，日本新文学至今仍未诞生杰作。你大可让你的骄傲更上数层楼。

永野喜美代

---

① 德国哲学家海德格尔（1889—1976）提出的概念，译作“常人”。Das 发音同日文“出す”，故随即提出 Deru，其发音同日文“出る”（与“出す”的本意都是“出”，但“出る”有“去、离”之意，故后文说到加减乘除）。

*　*　*

阿太兄：

纵是感到微薄的兴致时，他也曾试着为确认这一点而放声大笑。纵是因细小的回忆而有一滴泪浮现于眼角时，他也曾如愿以偿地冲到镜子前，迷恋地凝望自己那耽于悲叹的惆怅身影。即使因微不足道的女性的嫉妒而受到些许擦伤，他也会如遭怨恨之刃加身般扬扬得意。即使只欠了两万法郎的债，他也会大肆夸口（因负债百万法郎而遭受苛责的天才的命运实在悲惨）。他是伟大的懒汉、抑郁的野心家、华美的薄幸儿。不绝照耀他的怠惰的青色太阳，将上天赋予他的半数才能蒸发、蚕食。在巴黎，或是日本高圆寺的可怕生活里，往往能看见这种“半伟人”，其中塞缪尔尤其是创作“失败的杰作”的男人。他与其说是在创作中，毋宁说是在为人中闪耀诗才的病态式、空想式人物。素未谋面的太宰啊，请原谅我的无礼，你似乎自以为是了。看你两眼充血地追逐着波德莱尔作品中的人物，是打算把持他喽。自己既是鲜花又是花匠，既是伤痕又是刀刃，既是施暴的巴掌又是挨打的脸颊，既是四肢又是刑具，既是死刑犯又是刽子手。那不现实。的确如此啊，近来称你为作品中人物式作家，以扇遮面，暗中相顾苦笑的宗匠作家为数日增。

我可拜托你了。呵呵，呵呵呵。

君知我是谁。不准笑！我是三十五岁的男人金森重四郎，也有妻子，别小瞧我。我这到底是怎么了，浑蛋。

* * *

谨祝贵体日益康健。本刊此次欲请阁下赐以如下题材之尊稿，百忙中非常抱歉，包括下列条款还望应允。

一、截稿日期为十二月十五日。

二、数量为满四百字的稿纸十张。

三、题材为春之幽灵，短篇。聊表寸心，一张八元还望笑纳。生疏新手，自知多有失礼之处，还盼阁下宽恕应允。

大阪沙龙编辑部高桥安二郎

腊月九日

又及，作为插画样本，随附三位画师之花鸟图，阁下选定之后，若能指明大致图案，不胜感激。

某月某日

太宰治大先生：

出于某种实感，我可以毫不牵强地叫你“大先生”。大先生之称，在以前，好像是笨蛋的别名，但如今，似乎没那回事了，故愚以为再好不过。

前略。原谅我。送上剪报。为何要剪存这种东西，我自己也不甚明了。今晚，以十二元出头购入一盏法兰西制台灯，红绿相间的丝绸灯罩上有近百只青蛙嬉戏的图案。置于书斋桌上，荒废日久的读书之心复萌，遂端坐桌前，先整理书桌抽屉，因翻出骰子，便在桌上掷了两三次——不，准确地说是三次——然后，发现了一端附有绒白羽毛的竹制耳挖，便清洁耳洞，翻阅印有二十余种爵士乐歌词的小本子，小声歌唱，唱完，拈起抽屉角落的一粒花生米，豪迈地丢进嘴里。真是可悲的男人。随附的剪报，便是当时翻出来的。总觉得能派上用场。我想看到白发的你之后再死。今秋，我读了你的小说。说来奇怪，我在友人那里看了那篇小说，然后喝了酒，很快号啕起来，一路大哭着回了家，上床用被子从头蒙到脚，酣然睡去。早上醒来时，已全部忘却，但今晚，这些剪报又让我想起你。至于理由，我也不大明白，总之寄给你吧。

——“慢性吗啡中毒。无痛治本疗法，发明成功。主效：慢性鸦片、吗啡、羟考酮、阿片全碱、甲基苯丙胺、东莨菪碱、可卡因、海洛因、罂粟碱、阿达林等中毒。白石国太郎医生创制，新邦特定。文献无偿赠送。”

——戏院的布景，十来张足矣。原野、墙外、海岸、河畔、山中、宫前、贫家、和室、洋房等，任何狂言戏都会用到这些，所以壁龛里的挂轴一年到头都是朝阳与鹤。警局、医院、事务所、接待室等场景，只用一张洋房的布景就够了。还有，云云。

——以卓别林先生为总裁创立的爆笑俱乐部。谈论下列三十种事物者，即刻除名：四十岁、五十岁、六十岁、白发、老妻、借钱、工作、儿女的思想，其他。

——还有两个，是讲谈社的书的广告。鉴于你近日要出版短篇集，请盗用这两篇广告文。还请一读。如何？很高明吧？（胡说什么呢。起初也没问你要。）不可对我掉以轻心，我连你右脚小趾只有半片黑趾甲都知道哟。你把这五张剪报，偷偷塞进红文具盒了。如何？不不，不可勉强撕碎。你认识我吗？不可能认识。我是二十九岁的大夫，新邦特定的发明者，而且是永远的文学青年，白石国太郎医生。（连我自己，都觉得一点也不好笑。要逗人笑，还真难呢。）白石国太郎是开玩笑，欢迎随时光临。我虽看似笨拙，但在现实社会里，似乎还很能干。你若来信，我将尽我所能。你大可益发恃才傲物。

白石生

书于芝区赤羽町一番地

* * *

治兄：

兄之风评极佳，故我拜托学艺的人让你写篇随笔，对方甚是热心，反而主动要我务必帮他向你约稿。类似新人立场的文章即可。稿纸七八张。分两天或三天刊载。以“时髦”为主题。截稿日期为后天正午。稿费是一张两元五十分。要好好写。近期去找你玩。我提供素材，你试写政治小说如何？在你还是太勉强吗？

东京日日新闻社政治部

小泉邦录

* * *

太宰治大人：

小生与您素不相识，而今冒昧去信，还望拨冗读完。小生原以为，日本人里，宗教家有内村鉴三先生，艺术家有冈仓天心先生，教育家有井上哲次郎先生，除却以上三位，余者所作文章皆似是而非，因此小生偏好洋书，但最近发现您的文章，看破其中蕴藏着世上无与伦比的银鳞跃动，实乃千钧一发、岌岌可危、虚幻无常的高尚之美，此后即爱读您的著作，最近，闻及您或名《晚年》的著作集有意付梓，虽多不便，还请告知发行单位、收录作品，以及您自身对诸作的感想。祈望回信，随附三分邮票两枚、明信片一张。回以信函或明信片悉听尊便。

另，邮票或明信片如不用请寄还。

又及，本地邻近成田山新胜寺及三里冢，若来观光，小生可任向导。

清濑次春谨上

某月某日

太宰：

我们即使只对友人展露吝啬的姿态，大概也会吃亏。喂，我刚刚目睹了全日本独一无二的愚劣顽迷的信。太宰！怎么回事？“我原谅你”是怎么回事？蠢货！我嗤笑一声，用双手把信揉成一团扔出窗口，结果挂在了桐树枝上。我比你更优秀，你正如你自己所说，是靠“强充好汉”活着的，而我则以更正确的欲求活着。虽不知你的文学有多巧妙，想必不过尔尔，只是沐猴而冠的笑话罢了，难道不是吗？我总在想，你充其量不过是区区贵族，而我，有身为王者的自觉。我只觉得是从地位低于自己的人那里收到了莫名其妙的信。我写此信时并未伪饰自己的感情，你好好读读看。我的地位是天王，而你只是人爵。“我原谅你”这种戏剧台词一样的话，是不能由像你这样的人对我使用的。你对自己身份的失算，简直到了无法形容的地步。不过，你太年轻，很多事都不懂，我也经历过那样的时期，所以只是默不作声罢了。关于你此番信中的文字，许多地方我都试着尽量理解，但你所谓“唯独此次”这种夸张的狂妄自大，令我无法容忍。我本已决定置之不理，恰巧今日坐在工作桌前，忽生回复的念头，才写了此信。

其实，我一直觉得和二十来岁的年轻人对酌是很讨厌的。你大概是二十九岁零十个月对吧。艺伎一个也不能召，围棋一盘也不能下，如挂壁长枪，中看不中用。我随时可以与你往来，但是，你可不如佐藤春夫。我为他写了《春夫论》，而你，还不至于令我必须出面发言。你和长泽传六一样——当然，你没他那么过分，但还是不懂我的价值。你从不曾命中我的“关窍”。不是仓田百三，就是山本有三——说起“宗教”，你能想到的不过如此。我想我见到你的卑俗性了，但我并未生气。那么，什么叫“我原谅你”呢？我甚至以为，你是错误地表达了本意“请原谅我”呢。还有，直到过了很久，我走在路上，才总算多少有些莞尔。然而，那不过是我逐渐开始展现真正的姿态罢了。那晚，你把一点明确的残酷指给我这个温情家看了。你所无法容忍的，必定是我感到残酷的。

“我，要像太阳一样活着。”跪在我的脚下，坦白你无法容忍的。在那种情况下，你简直如非艺术一般顽固，无缘无故地，非要把左说成右，现在温良地、坦率地全说出来吧。没有旁人在听。一生中的第一次。别说谎，也别嘴硬充好汉，坦率地向我倾诉实情吧。你呀，正在坠入某种错觉。像利用太阳一样利用我吧。这也许实在是我写给你的最后一封信。我讨厌顽固的人，那种人只配遭到无视，那种人是乡巴佬。

“你无法容忍什么？”别害羞，跟我说说看，抛却羞耻之心。看来，你是爱上我了。还谈什么原谅，别尽说些漂亮寡妇说的话了。你若不献身侍奉于我，我就不去船桥的大本教。我们两三个朋友，平时对你多么尽心尽力？多么隐忍退让？花了多少苦钱？我想把那些真相，告诉今天的你。你一旦知晓，恐怕就会冲上身后的铁轨，或者含泪亲吻我的泥脚，倘若你还有一点真诚的话！

吉田浩

腊月中旬

某月某日

吉田洁先生案前：

先前多有失礼。《小丑之花》已经速览，甚感有趣，当然要给及格分。“不说半句真话。不过，听上一阵子，倒也能有意外收获。在他们装腔作势的言辞中，时而会出现坦诚到令人惊讶的话语。”我想，这全篇的关键一段可照搬过来，作为该文的评语。发出模糊却动人的真实荧光，令人欣喜。因为真实这东西，恐怕只能如此述说吧。祈求病床上的作者自爱之余，慵斋主人特呈此函。还望转交。书于十日深夜——不，应是十一日凌晨——两点钟左右。

深沼太郎谨呈

幸福的病人：

“如何？这样可以相信了吧。现已沦落到奋笔疾书谢启的地步。太阳的背后有月亮，请你也写一通谢启。

吉田洁

*　*　*

太宰治先生台鉴：

百忙之中打扰不胜惶恐，盼为本报新年刊文艺版惠赐如下尊稿，请多关照。

一、给前辈的信。

二、稿纸三张半。

三、每张两元余。

四、本月十五日截稿。

虽添不便，请将随附明信片择日寄回告知答复。

东京市麹町区内幸町武藏野新闻社文艺部

长泽传六谨呈

某月某日

喜爱蓟花的太宰君：

多谢寄来明信片。元旦刊无论如何拜托您了。若有空暇，请写十张稿纸以上。

和小泉君前些日子见了面，他还是那么有活力，其充满野性的亲爱，着实温暖舒服。我想让他变得更了不起。

从明天起，我要去西津轻、北津轻两郡的歉收地走走。今年青森县农村的情形十分悲惨，哀鸿遍野，难民成群结队，令人不忍直视。

令兄贵为县会精英，近来越发具备青森县要人应有的威严了，相当杰出，待人接物等也足以胜任。照此发展下去，在不远的将来，必将成为优秀人物，于社会工作上也将展现出卓越的力量。二十五岁当上镇长、董事长，二十九岁成为县会议员。气概阳刚，头脑聪明，而且非常用功。愚弟太宰治氏，您想必很痛苦吧，真的。书于三日深夜，细雪纷飞。

北奥新报社整理部

辻田吉太郎

* * *

太宰老师：

大事不妙。今日放学返家途中，我顺路拐去书店，站那儿读了约有一个钟头，现在心里很是没底。我看了讲谈俱乐部的新年附录——全国富翁排行榜，我家和你家，都消失得一干二净。真讨厌。你家是一百五十万，我家是一百一十万，到去年为止明明还在那附近。每年我都会看那个榜，即使老爹总说没钱没钱，我也一直很放心，唯独这次，似乎是真的。我们难道不该想想对策吗？真糟糕，真糟糕。致太宰老师——吗？

清水忠治

某月某日

敬启：

尽管听起来有点怪，但你不是需要钱吗？以二百八十元为限，你若在东京朝日新闻广告栏刊登“寿无限寿无限寿无限的笨蛋想吃喝百元（或是二百元，如有需要）。吃芋头吧。”这则小广告，当天之内就寄钱给你。五年前，我们都是帝大学生，犹记得你躺在藤架下的长椅上，一脸讨好相地睡午觉。

我的名字叫龟哟龟哟

某月某日

津岛修二[①]先生：

---

① 在日语中与太宰治的原名津岛修治读音相同。

今日读了令我心神不定的你的来信。你说担心会发烧，却还喝啤酒，我想这岂非你自己的错？教你喝酒的人不就是我吗？万一你因酒误事，感觉像是我的责任，故我于心甚为不安。彻底康复之前，别再喝了。不过关于酒，我没资格说别人，只是促你自重。听说家里削减了给你的汇款，但钱少了就撙节度日，那又如何？没有比生活更伸缩自如的了。极其简单。你的稿子也渐渐有了销路，所以不要草草乱写，留足存稿寄给大杂志社才是要紧事。你或许会因在意舆论而突感寂寞，但脸皮不够厚就会自取灭亡。我认为，到春天移居房州南方，一边看看渔民的生活一边疗养，也是有好处的。我想待近期工作告一段落，就和萱野君一起去拜访你。有些日子没见了，不知萱野君情况如何。今日，现仍在通宵工作，后略。

早川生

某月某日

太宰治先生：

尊稿昨日已收到。日前，不明仁兄寄来明信片所为何故，看了昨日的稿子，意思终于弄清楚了。关于日前我的委托，态度若有得罪之处，还望见谅。关于那封信，其实是在繁忙之际，不得不与社内同僚分工合作，写了近二十封信（包括给前辈和新人的），所以没机会以个人名义单独写给你。至于稿费，不写明反而违背道义，所以决定给所有人都写。无论是对一起委托的共同的朋友菊地千秋君，还是其他诸君，都只写了同样的内容。也许该以个人名义单独写给你，但正如前述，真的没时间。我做梦也没想到，写那封约稿信的结果竟是得罪了你。想必没有哪个蠢人会怀着恶意提出那样的请求吧。我只能认为，是你过于神经质了。你若对我心怀友情——正因为是你——才没必要恶意曲解那等小事呢，不是吗？不过，我平日里若真是致你痛骂的那般态度（对你当然从未采取过那种态度，而正如前述，那封信也不会采取那种态度），我自然必须反省，也必须思考自己的生活，事实上我也确实正在思考。你若是真正的艺术家，应当不难理解写那封约稿信的人和收信的人，哪个活得更凄寂。总之，那篇稿子彻头彻尾是你在那种多心状态下所作，因此很遗憾，可否请你重写？如果无论如何你都不愿，我也没办法，但我讨厌出于这样的误会和猜疑与你吵架。你似乎认为我侮辱了你，但总之，我被你那篇稿子的极端轻蔑所折磨，昨晚几乎一觉没睡。关于日前我的那封去信，还望你能消除误会，并且，希望稿子也能重写。这是我的请求。虽然你为那件事（而且是你自己误会了）非常生气，但那种事倘若件件都要发火，像我这样的人，每天不得不发几次火，岂非数都数不过来？就像你竭尽全力地活着一样，我也在竭尽全力地活着。我想在下次见面时，和你聊聊你今后的事，以及我今后的事。我想去病榻之前拜访，有很多话想跟你说，可是我也很忙，再加上有些神经衰弱，吃不消啊。我想待到正月，当可从容拜访。前几天晚上，我见了永野和吉田二人。希望你不要过度紧张，学习之余好好保重身体。我是在上班时间忙里偷闲写的，或多有言不尽意之处，盼早日回复。

武藏野新闻社学艺部

长泽传六

又及，稿子若可重写，二十五日之前提交即可。再请附上相片一张。种种不便要求非常抱歉，请务必多加关照。字迹潦草，深表歉意。

* * *

太宰治学兄：

最近每晚，我都会做关于太宰兄的毛骨悚然的梦。你一切可好？我发誓，不对任何人说。定是有什么苦恼吧？行事之前，拜托，悄悄告知于我。同去旅行吧。上海也好，南洋也好，去你喜欢的地方吧。只要你喜欢，除了津轻不行，其余纵是天涯海角，我也会立刻爱上那片土地。这一点毫无疑问。区区旅费，我来挣。假如你想独行，我可以不作陪。你现在手头无事吧？应该不要紧吧？快，给我一个明朗的答复。

黑田重治

* * *

津岛君：

尊翰已拜阅。

得知病情痊愈，委实再好不过。小生自土佐归来后，一直忙于工作，亦未能前去探望，只要病情康复就好。今天为十五日截稿的小说正在拼命赶工。作为新浪漫派的你，小说得深沼先生推赞，由此起发奋之心，诚为双喜。但有自信，万事自然顺利。小生痛感，文坛也好社会也罢，皆只是自信的问题。能予我们自信的，是自己工作的成绩。此乃循环理论。故自信者胜。寒舍婴儿，名为大介，是小生旅行时内人擅自所取，我不喜欢。但她早已宣之于近邻，我唯有忍气吞声。后略顿首。请多保重。萱野君已自旅行归来。

早川俊二

某月某日

太宰治先台鉴：

叫我不许回信，我偏要回信。

一、关于长篇。不用你说我也觉得草率了，原本是赞成丢进垃圾桶的，但这事暂时取消吧。和这封信一同写了旨在延期的明信片。反正是明年的预定计划，今年内我也会再想办法。——不过，在那之前能否独当一面，尚还存疑。我想在《新作家》上连载这次写的百来张稿纸的作品——那家杂志一直想把我当成无名作家。作品名为《月夜之花》，即使拙劣不堪，也请帮我宣传一下。因为吹捧是最容易的。

二、我和你的交往，无论如何，被人以有色眼镜看待是没办法的事。中畑这人，我也只见过一次，倘叫世人来说，我像是陷入了对你百般吹毛求疵的窘境，不是吗？光我这边，就能听到说我正在到处讥讽你的风言风语。而且，还有人给出很多忠告。管他呢。你我看似对立，在我反觉有趣。因为，譬如将爱伦·坡与列宁比较，背地里说爱伦·坡于列宁而言是谋士，这等闲话令人愉快。我眼下最在意的，是不想打着朋友的旗号横行。你的信令我欣喜之处，就在于其中存在那种隐秘的爱情支持者。你若是神，我也是神。你若是苇——我也是苇。

三、还有，你的信是不是有点感伤啊？因为，我读完几至落泪。我不喜欢将之归结为我的感伤主义。我当时像收到情书的小姑娘般面红耳赤。

四、你若认为这是对你来信的答复，那就撕毁吧。我的本意是写委托信。目的只有一个，就是请你宣传我这次的小说。

五、昨日有厌客登门，说太宰治做得很巧妙。我冷淡地回答：“他是我们推出来的。”——今天我深深反思。这不就是谣言的祸根吗？说声“是啊”也许更好，或者该说“他是个优秀的作家”。我伤心于不能再像以往那般以自由的心态讲你的闲话了。纵然于你我皆无妨碍，但听的家伙若是蠢货，仍会影响你我的名声。这都是因为太宰治变得有些过于优越了。既然如此，我也须并驾齐驱才行。努力向前吧。

六、长泽的小说看了吗？“神秘文学”的那个。那般炫耀廉价的友情，我是欣赏不来。或许够诚实，但文学这东西，不该更别扭才对吗？对长泽的期待减少了。这也是一种悲哀。

七、虽然也想见长泽，但终究未见。我一旦感伤起来，就会自顾自地做杂志。不知你作何想法，但只有你我二人的世界岂非才是最美的？

八、不可逞强。你说了傻话，你怎能先走一步先完蛋呢？必须等我们。在那之前至少得健康地等十年。需要毅力。我手指上长茧了。

九、从今往后，似乎该是太宰治不断宣传我了。我啊，心里真高兴。我盘算好了，下次就对某人（若有最讨厌的恶客登门）说：“因为有这样的同伴，大家都有好处。”蠢货们大概会宣扬“假借虎威云云”，那我就用“你是说那家伙不是老虎吗”来反击，“而且谁说我不是狐狸？”

十、君不看双眼色，不语似无愁——好诗。那么请多保重，记得替我宣传。

如上。

林彪太郎

* * *

为《盲草纸》合掌膜拜。(电报)

* * *

《盲草纸》读过了。那本杂志里，只看了那八页。你即使病犯骨髓，也须挺立不倒。这是我对你的最大限度的心声。今天我很累，太累了，字都写不好，但从中忽感有必要给你写信，故草草一笔。正月回返大和国[1]樱井。

永野喜美代

---

① 今奈良县的旧称。

*　*　*

你即使被读者包围，也不可脸红，更别蒙头遮面，为的是在这世间活下去。话说回来，《盲草纸》尽管晦涩，已达一巅峰，具备杰作之貌了。你今后须勤加修行，学习坦然接受赞美。

吉田生

*　*　*

太宰治先生：

初次去信，冒昧还请见谅。托您的福，我们的杂志《春服》，又能推出第八刊了。最近，我没给同人写过一封信，所以不清楚他们的感受，但我想说的是，定已寄到您手中的《春服》第八刊里的拙作，若不感兴趣，后文大可不看。那是去年十月我负伤前的作品。现在，对于那个，我完全被一种连看一眼都觉嫌弃的羞耻情绪所驱使着。我想要一张太宰先生的明信片。我现在，每晚都去一个女孩家里玩，闲聊，一点钟左右回来。明明不怎么喜欢，前些天却认真地向她求婚了，她同意了。回家途中，觉得可笑，正当忍俊不禁之际——不，我不知是怎样的心情。我想一直保持认真，想回东京沉迷于文学三昧想得不行。这样下去，倒不如死了的好。我不希望任何人对我怀有不冷不热的关心，无论是东京的朋友，还是家母或您。请来信。比起见信，更想见您。大谎。

中江种一

某月某日

太宰治先生：

那之后对不住。上周二（？）想看看你那边的情况，正待赶赴船桥，却收到你寄来的明信片，遂中止。前晚，永野喜美代突然来了，说收到你的绝交信，终于彻夜未眠，我也很担心，刚刚收到永野寄来的明信片，得知你们很快就已和解，我才大为放心。永野的明信片上写着："安于与太宰治氏为友十年，此真情吐露，请代为转告。"我虽不知缘于何故，亦祝愿交友之契益发牢固。永野喜美代那种异类，近来如沙漠之花一样罕见，无论如何，还请继续保持良好友谊。对了，后来的身体状况还请告知。我提醒自己不要太去打扰你，时常写信就好，便执笔在手，可又觉麻烦，想想还是直接去吧。信这玩意儿，实在太拖沓，我不擅长，屡屡惊愕于自己写了什么。近来得此一句：自嘲。齿毁口寂初三月。想想还是四五天内去你那边，如何？不一。

黑田重治

某月某日

太宰老师：

所询尊稿，已于五六日前拜受。至今逡巡未能答谢，欠礼之处还望勿恼。围绕尊稿，引发小小骚动。太宰老师，我会始终支持您，我也是同季节的青年。现在就和盘托出。本杂志的两名记者，说要跟您决斗。他们说尊稿太不像话，说您认为是乡下杂志而瞧不起他们，说他们有生之年绝不采用尊稿，说您狂妄自大不自量力，等等，大闹了一场。由于我已胸有成竹，本想先观望两三天，然后再为赐稿向您致谢，并申述此次事件之大略始末，却意外得知，他们今早和我这个编辑主任连声招呼也没打，就胆敢用挂号信将尊稿退回。如今，已是我和伪装正义嘴脸的这两人的脸面问题。定加严惩，为表歉意之万一，显我方诚意，我特以航空邮件，较退稿挂号信抢先一步，反复抹去满头冷汗，伏身俯首致歉。

如上。

又及，也曾想过，纵然仅为聊表寸心，亦当奉上礼金，又恐反致失礼，现结结巴巴、踉踉跄跄、苦苦哀求道歉，内心期盼他日补偿。对俗人的愤怒，对您的歉意，使得文字都已凌乱，粗细不一，忽而如小颗粒翻来滚去，忽而似大岩石轰然砸落，对这潦草涂鸦，连我自己都惊呆了。自创刊第一期起，就发生这等失误，极其不祥，每念及此，便欲痛哭。最近，大家的调子出现八度音的变化，您没注意到吗？本人自不待言，连我周围的人，尽是如此。

大阪沙龙编辑部

高桥安二郎

* * *

前略。抱歉，尊稿已于今日以另函挂号寄出。最近我们发现，昔日同僚高桥安二郎，近来病得不行，擅自以本社编辑部的名义，给太宰先生及其他三名中坚、新晋作家，寄去荒谬绝伦的信。高桥君大概三十岁。前年秋天，在全体社员郊游的日子，他连平日嗜好的酒也不喝，脸色铁青，嘴衔草穗，慢吞吞地拦在同僚面前，眯眼将对方从脸到胸，从胸到腿，从腿到鞋，如舔舐般上下打量。归途，沐着夕照，开始漫长的自言自语，肩扛一大枝如血红叶，小腹越发前凸，晃悠悠地边走边说：“你可不能对任何人说哟。藤村老师那人呀，花三百多元在背上文满了刺青，整个后背都是金鱼在游泳。不，错了，是蝌蚪，一千多只蝌蚪在蠕动。戴圆顶硬礼帽看起来合适的，根本就不是作家。我从这个秋天开始穿唐装。想穿白袜。穿着白袜，喝着年糕小豆汤，就想哭。吃河豚而死的人，六成都是自杀哟。你会保密吧？藤村老师的户籍名叫河内山早春。”如此重大的秘密，高桥将脸凑近到其呼吸甚至令我耳垂发痒耳根发软的程度，悄悄告诉给了我。

高桥君本就是文学青年。那是六七年前的事，当时，岛崎藤村老师隐居于信浓深山，专心创作，安宁度日。主编吩咐高桥，务必从老师手中如约拿到近百张稿子（当时的创作，被誉为文豪老年期的代表性杰作），更何况这次存在被其他杂志社抢去的危险，需要机灵地斡旋。他平时就是一本正经的人，况且那时才二十多岁，在深山里的竹柱草庵，只身一人与文豪隔炉而坐，彻夜聆教，因期待和紧张，脸色也稍稍发青，对于同僚们的热烈声援，也紧抿着嘴一一深深颔首，显出决心之坚定。他将自己响亮地撞在旋转门上，一路笔直出发时的修长背影，令人忍俊不禁。第四天早上，他垂头丧气、浑身湿透地回到社里。他失败了。根据他的说法，是名副其实的一步之差——吃过旅馆的早餐后，他在滚烫的粗茶里放入梅干，呼呼地吹凉了才喝，这成了失败的根源。他因此迟到五分钟，后果很严重。对此，包括两名工友在内的十六名社员，都很同情他。我也曾有过只顾着重新系高鞠儿皮鞋的鞋带而被其他社的人抢了先，以至于险些被解雇的悲惨经历。高桥君当即就被主编叫去，立正不动站了三个小时，遭到一通说教，其间似有五六次已决心将主编当场格杀。最后，他终于晕厥，流了很多鼻血。我们相互之间并没通气，但第二天，除了两名工友，其他每位社员都写了辞呈带来。然后，很不甘心地，都在主编办公室前的昏暗走廊里挤作一团，尤其是我，终至忍无可忍，被身旁友人的吞声唏嘘触动，不禁放声大哭。当时的那种崇高的感动，我想或许是此生绝无仅有的宝贵财富。啊，写的都是废话。请原谅。从那以后，高桥君不只是对作家，只要是因品格出众而稍有名声之人，他一律视如蛇蝎，经常将“撒足以被人奉为老师的大谎”之类的川柳用作杂志补白，至于曾经那般敬慕的藤村老师，他却连其名中所含的“藤”“村”都只字不提了。一定发生过很严重的事。去年春天，他的身体越来越差，现已明确辞职。约百日前，我去他自家的病房探望。月光充溢着他床上的所有凹坑，简直伸手可掬。高桥把两条眉毛剃得精光，能乐面具般的端正脸庞因着月光的爱抚而如金属般光滑。出于无可名状的恐惧，我的膝盖簌簌发抖，所以我用嘶哑的声音提议开灯。当时，在高桥脸上，似三岁幼童撇嘴欲哭般的表情一闪而逝。“简直像个疯子吧？”他用天生的撒娇般的鼻音说着，脸上化为高贵得叫人心寒的笑容。我喊来医生，翌日，送他住进了精神病院。高桥静静地——亦可谓之徐徐地——发疯了。我认为那是一种耐人寻味的疯狂方式。唉。他说您的小说是日本第一，似曾多次反复拜读，还说大作《传奇》已钻研至能够背诵的程度。请以昔日佳人们的爱情故事，或是特别快乐的旅行回忆，还有老师您自己的清新浪漫故事等为题材，以给病床上的高桥君写信的形式，在月底之前寄去四张稿子。

大阪沙龙编辑部

春田一男

* * *

你的明信片看了。只不过是风凉话罢了。你真是个不明真相的人。我觉得很无趣。

吉田洁

* * *

敬启：

连上吊绳都买不起的岁末。我也为了与大兄吩咐的同额的资金开支，八方狂奔。让我们劈开岩壁吧。死，随时可行。偶尔也请留意后辈的话。

永野喜美代

*　*　*

多谢日前来信。另，电报也已收到。稿子想怎么写？窃以为写你乐意写的最好。截稿日期可等到二十五六日。小生目前居无定所（预定近期寻找公寓），故通信请一律寄至报社。住所一旦确定，再通知您。仅叙要事，多有失礼。

武藏野新闻社学艺部

长泽传六

某月某日

太宰治学兄：

太宰先生，终于被正义温情之徒饱以老拳了呢。如果一开始就提醒您，当不会发生这种事，但似乎哪家杂志都是如此——严禁特别吹捧某一位作家。而且，在这家杂志社，有许多附庸于领导的间谍，今后也会有类似情况，所以请小心那些和易近人之辈，不可轻率行事。不知春田是以何种言辞道歉的，但他声称已叫您重写，这两三天大为得意，正因如此，我不得不委曲求全，实在不是滋味。太宰先生，您也有错。我虽不知春田摆出了怎样的花言巧语，但无论如何，没必要给春田写那么感伤的信。那是丑态。请深刻反省。我明明已为您备足八十元，靠春田那种人，十元都危险。他认为刁难作家是杂志记者的天职，所以很难对付。我一个人着急也没用。太宰先生，您意下如何？被人如此小觑，难道还能甘心？我对您的家事，大致有所了解，因为我是您的读者，连您背上有几颗痣都清楚，不像春田那种人，从没读过太宰先生的小说。我们杂志从性质上，出入沙龙也很频繁，席间会议论太宰先生，每到那时，春田就会变成夏田，活像个狂热的暴徒，以一分钟二十发子弹的速度猛射不堪着笔的卑鄙的形容词。他是相当严重的精神变态者。以后，见异思迁必须严格戒除。今年除夕，您手头大概很拮据吧？我帮不上忙了。那八十元钱，已经转作他用。您一个人试试吧。那样的辛苦，多少也是有好处的。走投无路时，请来找我商量。就算痛苦，就算难堪，也别寻死。说来不可思议，大苦之后，必有大乐随之而来，而且这就像数学一样正确。请勿着急，专心休养。来年春天，我打算回东京老家拜初日[①]，心下小有期待，只盼届时可与君晤面。良药苦口，还望见谅。

怕是唯一能理解您的四十岁男人、无双的小市民

高桥九拜上

---

① 元旦早晨，用现汲的清水洗净脸和手后，合十击掌敬拜新年第一天。

腊月下旬

某月某日

叔父大人：

唐突去信还请见谅。我与你一模一样。不，不止你我二人。青年的个性缺乏、自我丧失，被视为二十世纪的特征。以下内容，请务必一读。

我在等待被刺杀的那一天。

某段时期，我曾躲在地窖里，为阴郁的政治运动提供协助。在一个月黑之夜，我独自逃走了。剩下的同伴，都丧了命。我是大地主的儿子。转向[①]者的苦恼？说什么呢。经过那么娴熟的背叛，事到如今，还以为会被原谅吗？

① 改变思想、政治上的主张或立场。

既是叛徒，就该有叛徒的样子。我相信唯物史观。依据唯物论的辩证法，再细微的现象，也是无法把握的。这是我十年来的信条，甚至已经融入肉体，十年后也不会变。我最喜爱、最尊敬工人和农民那单纯的勇气，所以关于我所相信的世界观，我一言半句也不能说。从我腐烂的嘴唇中说出明天的黎明，是不可饶恕的。既然是叛徒，就该有叛徒的样子。咬牙切齿地吐出“工匠味儿”，嗤之以鼻地说着“贫贱百姓”，然后，等待着被刺杀的那一天。再说一遍，我相信工人和农民的力量。

我穿华丽的衣服。我用尖锐的语调说话。我离群索居。我创造着易射击的环境。我这并非出自真心实意的傲慢的拟态，算是为了方便刺客吧。

并非出于自暴自弃。将我葬送，即是迈向建设的一步。我这么诚实如果还要怀疑，那简直不是人。

我永远说实话。结果，人们却说我荒唐。

我发誓。我从不曾为我一个人而行动。

近来，你那略显古怪的打扮、被曲解的讽刺画，备受重视，你不觉得落寞吗？是好友的来信。我读了那张明信片，便出门去看海。途中，走到麦子长至差不多一寸长的麦田旁，突然，泪水扑簌而下，然后放声大哭。我边哭边走，心想原来也有人理解我。活着真好。请不要忘记我。而我，早已忘了你。

那个未见过的好友，其纯粹的懊恼，直接移入了我的血管。我回到家，展开稿纸：“我并非无赖之徒。”

具体道来。我给你添过什么麻烦？

我不曾借钱不还。我不曾无缘无故接受别人的酒宴款待。我不曾失约。我不曾和别人的女人私下交谈。我甚至不曾背后说朋友的坏话。

昨晚，我躺在床上一动不动，透过四面墙壁传来窃窃私语之声。全都是关于我的坏话。偶尔，甚至会听到我好朋友的声音。不伤害我，你们大概就活不下去吧。

想揍就揍吧。想践踏就践踏好了。想嘲笑就嘲笑吧。蓦然察觉并为之脸红的时刻很快将至。我一直在静待那一天。但我错了。所谓小市民，是我越低头他们越蹬鼻子上脸。当我意识到这一点时，我仿佛脊梁骨被敲碎，几乎再也站不起来。

我最近，梦见和亲人和解。都快八年了，我不曾返乡。是不许回去。因为我曾从事运动，因为我曾殉情，因为我娶了卑贱女子为妻。我并非恬不知耻到背叛伙伴还活得下去的程度。我和思念我的有夫之妇殉情，因为无法拒绝女人。在那之后，我娶了现在的妻子。只是遵守了婚前约定而已。我，从十九岁到二十三岁的四年间，每逢礼拜六便去见她，但一次也不曾发生关系。可是，亲人们不了解我。已经出嫁的姐姐，因我接二连三地出丑，无颜面对婆家人，夜夜哭泣，对我心怀怨恨。我的生身老母，由于我的缘故，在继承亡父家业的我的长兄面前，每每颜面尽失，如坐针毡。还有，我的长兄，由于我的缘故，已经辞去故乡的名誉职衔，或是正欲辞去。总之，我听说，二十多个亲人都在求神拜佛，祈祷我能迷途知返，恢复为正常人。但是，我不辩解。现在正是我想相信血缘亲情的时候。梦见长兄读了我的小说，多么开心啊。若非佐藤春夫的脸与我亡父的脸那般相似，我可能再也不会去那间客厅。

从与亲人和解的梦中醒来，已是夜半时分，我这个蠢货，突然想尽孝道。在那样的半夜里，我又绞尽脑汁，将思绪化作万千，试想着要给菊池宽去信吗？要参加《Sunday 每日》的三千元大众文艺征文活动吗？无论如何都想获得芥川奖，等等。但随着夜色渐白，那样的努力不知为何，只显得无聊虚幻，唯有“将死之命”这句话值得庆幸，而那一天也只是庸庸碌碌地迎来再送走罢了。但是——

要是读一整天书，就发表研究结果。要是因感冒躺三天，就写病床闲语。要是旅行两小时，就仿效芭蕉写旅行日记。以及，既无趣又无悦，算不上创作的小说。这就是日本文坛的现状。不知苦恼的苦恼者真可谓数不胜数。

我迄今，在表达自己时，好像有点太害羞了。从今往后，我要如实地表达自我。仅此而已。

所谓不语似无愁。我轻蔑言语，曾以为靠眼色足矣。然而，在这愚昧的世间是行不通的。痛苦之时，似乎只能竭力高喊

“好痛苦”才行。我一言不发，不知不觉间，竟被人视作牛马。

此时此刻，我正在书写无可挽回之事。人们怀念我往日腼腆害羞的模样。然而，你的那声叹息，却是假的。一得一失，不正是追随事物成长的命数吗？要领会以长远眼光看待事物的习性。

无谓浮名立，方知悔不该。①

你们禁食时，不可像那伪善之人，面带愁容。②只有基督知道。但是关于神子的苦恼，就连法利赛人，也不能不承认。我暂时要模仿那伪善之人的面容。

经过千百次踌躇，我最终决定了我的态度。事到如今，我恐怕只能尽量严肃地讲述自己苦恼的历史。别怕羞，别怕羞。

我也是在地平线的彼方，注视着久远的女性。直至今日，关于那个女性，我只是零星提及，一直深藏在我一人的心里。可是，一位我该引以为傲的前辈却对我说：“你必须赶快写出来。我告诉你，那就像小孩子将雪兔用棉花包裹后放在桌子抽屉里，迟早会化掉。本待过后独自享受，可是偷偷一瞧抽屉时，却已融化，只剩下两颗南天竹果做成的红眼珠。那漫画是叫《正吉的失败》还是什么，我的孩子们看过，美好的回忆也是如此，趁着热情未失快写吧，正所谓趁热打铁。”我却假装

---

① 《小仓百人一首》第六十七首。

② 《马太福音》第六章第十六节。

没听见，佯作不知，只兴致勃勃地聊别的。岂止是兔子，在我的家乡连美女都会融化。暴风雪之夜，救了一名倒在自家门口的红唇姑娘，她不仅长得漂亮，而且寡言勤劳，于是二人成了家，随着天气越来越暖和，那位美丽的小媳妇也日渐消瘦、憔悴，玉石般的身躯也不知为何渐渐衰弱，家里变暗了。丈夫禁不住心下惶恐，一天，他在盆里倒入开水，强迫媳妇脱衣，为她洗背。小媳妇一边抽泣，一边对温柔的丈夫说："即使我死了——"话没说完，就听一阵丝绸摩擦之声，小媳妇踪影全无，只剩樱蛤梳子和簪子漂在盆里。雪女，在热水里融化了，就是这样的故事。我继续讲下去。依我想来，若像葛叶[①]一样，这位雪女媳妇怀孕，忍痛产子，然后孩子长大，每到雪季，就会思念着母亲漫步在积雪的山野。我相信，这个故事，足以令所有世人为之迷醉。这样讲完时，瞧瞧吧，世人之一，我的前辈，也红着脸兴致勃勃，沙龙的气氛变得异常热烈，不知不觉间，我已变得有问必答，把秘藏于心的那个在热水里也不融化的雪女的故事讲给他听。

"年龄？"

"十九。正是厄运之年。女人，在这个岁数好像必定出事。真是不可思议。"

---

① 日本传说中的白狐。化身为美女嫁给安倍保名（阴阳师安倍晴明之父），后无意中在儿子面前现出原形，最终不辞而别。

“身材矮小吧？”

“是的。但也足以当模特儿。”

“怎么说？”

“因为整体都小一圈，若将相片放大，当可表现出近乎完美的协调。双腿柔美修长，宛如花草之茎，皮肤冷白，恰到好处。”

“真的假的？”

“并无夸张。关于那人，我怎么也不会撒谎。”

“毕竟以前被你骗得太惨。”

“真没想到。不过，确实如此。二十一岁那年冬天，我腰系角带①去银座玩，当晚，女人跟进我的房间，问我姓名，恰巧屋里搁着海野三千雄——对，就是那人——的创作集，我便以此名答对。女人似乎以为我有三十一二岁，说‘还以为是更有名的人呢’，然后肩膀一垮，叹了口气。我从未像当时那样渴望出名。喉咙干渴欲燃，如腾起滚滚黑烟般渴望出名。说起海野三千雄，他一度是最年轻的文坛新秀，也写过不错的小说。从那晚起，除了穿学生服时，我无论去哪儿，都不得不坚称自己是海野三千雄。一旦冒名顶替，就会极度不安，夜不能寐，偏又不愿收手，反而费尽心思企图成为完美无缺的冒牌货。真是不可思议。”

---

① 和服腰带的一种。较硬较窄的男用对折腰带。

“真有趣。继续说。”

“若只是春风一度的女人，冒充海野三千雄倒也无妨，但在接二连三见面的过程中，我就感到拘束了，独自闷闷徘徊。后来，女人似乎开始浏览报纸的学艺版，还对我说：今天报上有你的照片。一点也不像。为什么要那样皱着眉头？害我被朋友笑话了。”

“是你以前搞什么运动时的事吧？”

“是的，没错。一次集会，我高中时的一位友人，惴惴不安地列坐末席。事先早有通知，说这一带所有的地区头目都会来。就连参加集会的工人们，都有点兴奋，全场一片嘈杂，作为某小地区代表出席的我的那位友人，感觉如在梦中。不久，时间分秒不差地，响起嘎吱嘎吱的踩楼梯的脚步声，一个身材颀长的男人边打招呼边走进来，他的脸起初太耀眼，看不清，但是仔细一瞧，那个戴金边眼镜的男人，毫无疑问，就是我，没错，正是本人。他至今仍时常说，当时的喜悦难以忘怀。据说开心得要死。当然，在那种时候，我俩只是眼含笑意对视一瞬，装作互不认识。从事那样的运动，每天被人追捕，突然在己方阵营中意外见到旧友的脸，最大的喜悦莫过于此。”

“亏你没被抓到。”

“笨蛋才会被抓。而且即便被抓，只要一周左右就能设法脱身。后来，我被人指为间谍，顿生厌倦，一心只想逃离同伴。当时，我每晚都住帝国酒店。仍是以作家海野三千雄的名字，还定制了名片。此后，给酒店里的海野老师的约稿电报、快信、电话，都是我自己发出的。”

“做那种事很不愉快吧？”

“拿本该严肃的生活取笑，使之沦为玩物，应是不愉快的吧。你说得对，可在当时，若不那么做，我恐怕会因三十多种原因自杀。”

“可你当时还是殉情了吧？”

“是的。女人来帝国酒店玩，我给了侍者五元钱，当晚，女人留在我的房间过夜。然后，那天深夜，不知为何，我突然脱口说出除黄泉外我已无处可去。那一句话，似乎深深打动了女人的心，她说她也要死。”

“那岂非已到了你招呼一声她就会回答一起死吧的地步？领会之快可谓极端。好像不只是你们如此吧？”

“好像是。我的作为，若说是为了身为先觉者的一生名誉，倒也不能说不是，从那个角度，在一步步出人头地的过程中，渐渐开始觉得有趣，也有了奔头，但间谍说等谣言一出来，我很快就下台了，总之，我也厌倦了。”

“女人后来怎样了？”

“女人在帝国酒店的第二天就死了。”

“啊，是吗？”

“是的。在镰仓吞药跳海了。忘记说了，这女人，可是正儿八经的知识分子呢，尤其擅长肖像画。因为心地高洁，她画的脸孔，要比真人美上数倍，且画中透出断肠秋风般的凄凉。她的画能准确抓住真人的特征，而且更显高贵。好像，自今年正月，我就养成了这种爱哭的习惯，很伤脑筋。前几天也是，我看了叫《佐渡情话》还是什么名字的浪花调[1]电影，怎么也忍不住，终至放声大哭，第二天早上，在厕所看见那电影登在报上的广告，又呜咽起来，惹得家人莫名诧异，最后哈哈大笑，说是再也不能带我去看电影了。算了，说回正题吧。那是十年前发生的事。当时，我为何会选择镰仓，长期以来始终不解，直到昨天，真的是昨天，我才终于明白。上小学时，我曾在文艺汇演上朗诵镰仓名胜的篇章，当时反复练习，几乎可以背诵。那篇文章名叫《七里滨的沿海》。虽然还是个孩子，想必对那风景已有憧憬，铭刻在心挥之不去，作为潜意识留存下来，才表现为镰仓之行。每念及此，我就可怜自己。在镰仓下车后，我把所有的钱连同钱包都交给女人，她却向我那豪华的三用荷包里窥视，小声嘟囔道：‘哎呀，只有一张钞票？’我忘不了那切肤之痛般的羞愧。心绪凌乱之下，我向她坦白：‘我其实是二十六岁。’如此仍虚报了五岁。‘只有二十六岁？’女

① 又称浪曲。始于明治时代初期的一种通俗曲艺，由一人说唱，以三弦伴奏。

人说着，把一双黑多白少的大眼睛瞪得溜圆，然后屈指计算，边笑着说‘不得了，不得了’，边朝我缩脖子，我却不明其意，事到如今也已无处可问，但我一直难以释怀。”

“是趁天还亮跳的海？”

“不。跳海之前，我们还把名胜古迹逛了一圈，在八幡宫前买了糖吃，我就是那时弄坏了右边两颗臼齿上的金牙套，至今也没理会，时常隐隐作痛。”

“我忽然想起，魏尔伦，你知道的，那人有一天飞奔去教堂说：‘我要忏悔，要告解，什么都坦白，听人忏悔的神父在哪里？快，快，我要说了。’据说他就这样以极大的热情开始忏悔，但神父洁净的眉毛纹丝不动，只是看着窗外的喷泉，在魏尔伦号啕着滔滔讲述一干犯罪史的某个停顿的瞬间，神父突然说道：‘你和野兽交媾过吗？’据说魏尔伦吓得魂飞魄散，连滚带爬地冲到走廊，拼命逃了回来。我实在不擅长听别人的忏悔。以现在流行的说法，是我的心脏太弱了。我应该效仿那位勇猛果敢的神父，对吧？”

“我不是在忏悔，不是在炫耀恩爱，也不是在寻求救赎。我是在强调女人的美好，仅此而已。到了这个地步，我就一口气讲完吧。女人边走边以深思熟虑过的语气小声说：‘不回去吗？我可以当你的情妇。你若不准我踏出家门半步，我就乖乖地躲在家里，一辈子见不得人都行。’我只回以一声嗤笑。终究无法理解他人的诚实，为了满足自己的自尊心，宁愿坐视万骨枯亡仍晏然自若的二十一岁，自矜的怪物，骨子里的虚荣之子。女人的久远的宝石、珍珠塔——如此独一无二的馈赠，我却连看都不看一眼，就随手丢进路边的水沟。我在乎的只是：我现在的样子，果真很快活吗？”

“哈哈哈哈。今晚你可真是能言善辩啊。”

“这事可不好笑。我正试着在那般怪异的买椟还珠方面做最深刻的反省。在江之岛的桥畔，有私营电车的广告牌，上面用二尺见方的大字写着：至新宿三十分钟，至涩谷三十八分钟。我瞥了一眼，迅速开始过桥。低齿木屐咔嗒咔嗒的声音朝我追来，女人直到我身后近处，才放缓脚步，说：‘我决定了。已经没事了。直到方才为止，那之前的我，即使遭人轻蔑也是难免的。’”

“真是个非常坦率的人啊。”

“没错，没错。你懂了吧？果然，告诉你真是太好了。请再多听一点。”

“好。请务必让我洗耳恭听。阿竹，上茶。”

“跳海之前先吞了药。我吞下药，微笑着说：‘公主，与其被满脸胡子的敌人凌辱，不如和父亲共赴黄泉。快吞下这毒药赴死吧。’我俩一边说着那样的俏皮话，一边从容不迫地吞完药，然后并排坐在一块平坦的大岩石上，双脚悬空晃来荡去，静待药效发作。我现在，必须彻头彻尾地死去。昨天，加上今天，整整玩了两天，因此，工作上十根指头数不过来的联络线已被切断，组织再次陷入不可收拾的大混乱——火灾和雷电都难以比拟的一种凄烈的狼藉。那些光景，对我来说，比托在掌心观察更确切无疑。身为头目叛逃，加上冒充海野三千雄一事横亘眼前。倘若能向女人坦白，倘若我当时能做到这一点，二十一岁时肯定早已不用像这般遍体鳞伤了。很快，女人解开腰带，流利地交代：'这条罂粟花纹腰带，是我向朋友借的，所以就这样放在这里吧。'她将腰带整齐叠好，挂在背后的树上。我们以格外柔和、安稳的心情平静交谈，然后，眺望着似是城之岛左近的忽明忽灭的灯塔灯光。我们聊了什么？连我自己都忘了，但我确曾毫无节制、啰里啰唆地扯了一大通谎，说自己极讨女人喜欢，并为此大伤脑筋，说这种命犯桃花的血统，是源自我的祖父。祖父年轻时，有走钢索的知名女艺人来到村里，当祖父取下遮脸的手巾时，三个女艺人顿时被那张脸迷住了，各自单手举伞，突然齐齐吆喝了一声，又垂头看向祖父，开始快速走钢索，却不料纷纷跌落，杂技团的团长为此大发牢骚，最后闹得全村争吵不休，等等。想起祖父事实上的那张棕黑色的、毫无气质的、酷似罗汉的四方脸，我险些笑出声来。女人信以为真，仰望星空陶醉地呢喃道：'也就是说，我会被八个女人嫉恨（当然一个也没有）。啊，我真幸福。我是胜利者。'

突然，药效发作，女人发出类似草笛的咻咻声，不停嚷嚷难受，吐出水一样的东西，在岩石上四处乱爬。在我看来，身后留下呕吐的秽物，实属遗憾，于是用斗篷的袖子到处擦抹，不知不觉间，我也药效发作，踩在湿漉漉、光溜溜的岩石上，一再滑倒，成了乌黑的四足兽，喉咙里仿佛被赤热的火筷子捅入达五六寸之深，很快，那根恶鬼的铁棒戳到胸口，扎进腹部，到那时，已只剩两具行尸走肉，乌黑的四足兽，蹒跚而行。我们交叠在一起，从岩石上坠落，扑通一声被海浪吞没，起初互相依偎，一瞬过后，猛然互踹对方，二人立时分离，女人用细若蚊蚋的声音说：'海野先生。'不是我的名字。那是十年前的腊月，恰是眼下这个季节发生的事。"

"原来如此，原来如此。喂，阿竹，上伏特加。"

太宰先生，不许装蒜。我的这个故事，你要怎么收尾？这当然不是你的遭遇，都是我的遭遇。但是，当我发表这个时，杂志社也会有所考量。比起不知算哪根葱的男人的自白，他们更愿当成虽不起眼但好歹也是新晋小说家的太宰先生的忏悔来宣传。请买下我这心血之作。相同的后备文章，我这边还有三册。三册一共才五十元，很便宜。太宰先生，吓一跳吧？都是骗你的，只是吓吓你。吓着了？这个故事，不是很久以前你一边跟我喝酒，一边告诉我的吗？今天，周日的雨，让人无聊得受不住，可我没钱，又不能去找你，只好把对天气的不满向你发泄。如何，有没有小吃一惊？照这个样子，我好像也能成为小说家。最初的感想文，是我从中国的杂志上盗来的，但岩石上的场景等是我自己写的。是令人屏息的名篇吧？从现在起，我决定踌躇一小时，考虑要不要当一名文人。告辞。保重身体。下周日去找你。家里寄来苹果，请过来取。

清水忠治

某月某日

敬启：

鄙人确信文学之道无须心急。仰望天空，不生杂念；与日同戏，勿起短虑。愚以为健康第一。请安心休养。昨日又承蒙惠赐作品《如释重负的故事》一篇，十分感谢。请允许我们用来装点次月刊，谨致谢忱。

讽刺文艺编辑部

五郎合掌

某月某日

太宰治先生：

我要给您写信。也没什么特别要说的，故而笔下滞涩，但您若肯一读，我会很高兴。因任性妄为羞愧万分，尚乞见谅。想必您已淡忘，二月左右，在新宿的 Monami 店里，我们曾因同人杂志《青鞭》之事见过一面，且当时不欢而散非我本意，致您误会颇深。一直甚感抱歉，独自懊悔不已，心想日后定当写信致歉，却因独断而不巧错失机会，久寻契机未果。最近终于下定决心等您的《晚年》出版就写信，可今日在书店拜读您的一篇文章后，心底竟涌起莫大的悲伤，很想同您聊聊。尽管如此，心下仍是惶惶，很伤脑筋。那晚，我迈着失控的步伐走下楼梯，而那失控的方式好像也不纯粹，想来颇难为情，羞得直缩脖子。那晚，因为您说齐藤君太造作，我的心一下子变得空虚、寂寞。仅如此，就已令我惴惴不安。到我要回去时，听说先前所付的同人费会退还给我，我不禁暗自欢呼赚了五元！然后，明明对方说了些什么，我却回答分两次各付了两元五十分。当时自己那露骨的狡猾，令我感到了自贬的羞耻和自暴自弃。不仅如此，赚了五元这句话，只不过是两三天前读过的您的大作《逆行》中的原话浮现。我在新宿站前茫然若失，搞不清那场激烈的聚会是怎么回事，像是在思考怎样做才不至于搞砸自己的去留。在车站前，好半晌，我像一条白狗般徘徊游荡，本想直接回宿舍，思及与你们就此分别又很寂寞，即使立刻返回会场（未经充分考虑，只想拖累别人吗），怕也难逃挨骂的下场，是以彷徨良久。对人摇尾乞怜，对世界摇尾乞怜，自己没有的东西，也不知是什么，却装作暗中持有一般。而我的装腔作势，被什么人指出不好，偏偏被您指出，真伤心。唉，请原谅我发牢骚。那晚的五元钱，我用得极为有效，一清二楚。作为终生纪念，当时的记录至今不曾遗失，夹在《青鞭》的页间珍藏着。三分邮票十枚，三十分。花生米，十分。樱桃牌香烟，十分。收获牌香烟，十五分。山茶花剪枝两根，十五分。眼科医生，八十分。《歌德与克莱斯特》《未来形而上学导论》《歌行灯》，三册，七十分。鸭肉八两，七十分。葱，五分。札幌黑啤酒一瓶，三十五分。柠檬汽水，十五分。澡堂，五分。时隔六年没这么富有过了。花不完，口袋里还有很多。此后近一年里，见过两三次的太宰治的身影难以忘怀，一面缅怀那铭刻于脑海的约谈记忆，一面继续站在书店里拜读几十遍。只言片语，似已镌刻在心。从书店默记千叶的住址再提笔记下，是去年八月的事，虽然迄今未能派上用场。

"太宰大哥！我在白十字[1]等你。黑田。"

——大学黑板上的这段字，仿佛写于昨日。

"右者速至办公室。津岛修治。"

——这份布告在文学部办事处贴了好久。

我把太宰治当友人般谈论，并且感到寂寞。太宰治未获艺术奖，我便暗自发誓，决不读藤田大吉这人的作品。虽然我不

① 日本老牌卫生用品企业名。

怎么读别人的文章，但《小丑之花》的卑俗性并非不能理解，只是未能满足。这是有着难以停笔的气势和气魄的小说。原以为是正主的预告篇，然后想着正主还会现身吗？开始怀疑“那每一天便是晚年”这句话的真实性。健康受损，照片上苍白消瘦。并且，太宰治出名了，令我感到可望而不可即。我想，《小丑之花》在我是无法理解的。我从太宰治身上感到小提琴般的凄苦，正是在于那种抒情性。我认为，太宰治的本质即在于此。即使有人说我错了，我也不会轻易放弃这种想法。走出抒情性的原野，被荆棘撕裂的伤口没用布遮，痛感被阳光曝晒的凄惨。虽然小说中写道，二月事件[①]当日是在谈论女人的睡衣，但作者自身强烈地流露出与青年将校们同样的壮烈情怀。这比起羡慕，更叫人心酸。我对待任何事一向模棱两可，这两年间，法科课程只学完三分之一，也是远远不够。而且，别的什么也不会。出于这种业余爱好者般的心态，只是肉体上感受到太宰治的痛苦，作为旁观者目瞪口呆。盘踞在我自身上的含糊态度，恐将永远持续下去。我的健康，当不像别人想的那么糟，但无论何事，我都无法郑重对待。倘若接连两三天认真地去做一件事，好像定会毁掉我自己。认真不起来。因此，自然什么事都做不了，但这样我很满足。中学时代你所做的题为

① 即二·二六事件，指1936年2月26日由日本帝国陆军的部分“皇道派”青年军官发动的失败兵变。

《关于幽默》的演讲，我只能记起大家称你为中学第一高才生的窃窃私语，以及你那老成的举止，但很多人并不认识太宰治，只会议论青森中学的学长津岛修治。在青森新町北谷的书店前，曾有一个中学生向头戴高中帽子的人鞠躬行礼。你到底点头还礼了，我当时心下落寞，只因我识君而君不识我，但光是得你还礼，我已稍感满足。我今年必须结束大学学业，虽然能不能成还很难讲，但我仍然决定毕业。说起文学，其实我一点也不会，整日赏景阅女看得入迷。想到你一旦已在少女杂志《双叶》上看过我的小说《皿绘》，不禁冷汗直冒。是我见到（岩切）这个人听说的。什么沙眼啦，颈部淋巴腺肿大啦，X形腿啦，只因这些段落得你夸奖，我走到哪儿都随身带着。在《新浪漫派》上看到你以追记式文体对某同人杂志（不出名）的某人的称赞，我也曾嫉妒。写了些什么，我毫无自信。仅此就已精疲力竭。每一天都很累。并非做事所致。

倘若一直都在休息，周日也将索然无味；晚上睡觉，亦非一天过去得以歇息，而是感到还有明天的疲惫。祈盼健康度日。现在，只是虚弱没生病。怜惜老人般的皮肤，夜里裸身洗牛奶浴，揣摩有无永葆青春之道。我知此信非常失礼，文体也很暧昧，抱歉。但我松了一口气。若是等到明早，却不想寄了岂不坏事，所以我这就去寄信。盼您闲暇时可以来信。请保重身体。

斋藤武夫拜

* * *

太宰兄：

大札已拜读。关于钱的事，有违您的要求很抱歉，实是仓促之间无能为力。其实去年，我因竞选县会议员，每月要还大笔欠款，早已不堪重荷。选举之时，小泉邦录君曾给我寄来五十元。光是这笔钱就想尽快还清，可至今仍无力偿还。连区区五十元都无能为力，羞愧至极，可若再去借钱，小生委实难以启齿。仁兄是信任与小生的友情才来信传话，对此再次深表歉意。但做不到的事还唠唠叨叨亦为我所厌，故而立刻写就此信，请勿见怪。近来，小生一时疏远文学，故对仁兄的活跃表现亦不甚了解，但小生一向对仁兄的能力寄予厚望，想必正在大展身手。再三致歉，前述情况还请明察体谅。不过，受仁兄如此相托，若可与朋友商量筹钱，或许还有一丝可能，但恐此举是对仁兄无礼……如上匆匆。

辻田吉太郎

* * *

若不写信啰唆几句，就不是你了。唉，好友啊。做妻子毫无真心，做情人不够标致，倘若做妾，则嫌举止粗鲁声如鸦鸣。唉，不足哉，不足哉。月啊，汝，天地之美人。月惹愁思[1]。

吉田浩

某月某日

太宰治先生：

最近你的明信片没一张值得看。变得非常懦弱，巧言令色。我感到很遗憾。

吉田生

某月某日

一言。

我被告知，我也是化身拜伦失败的一只满身污泥的狐狸，遂对化身感到厌烦，给恋爱对象写了绝交信。自已的生活，全是谎言，是虚伪，已无法相信任何事，坠入绝望的洞里（银行也中止）。从今以后，我不承认你的文学。永别了。请给我照片。《小丑之花》是杀人文学吗？（银行不中止，但……）不，

① 出自《小仓百人一首》第八十六首的“叹月惹愁思”一句。

这是草草热身。太宰先生，你好歹像是上钩了。有反应。倘若对我感兴趣，请看到最后。我还是个二十岁的少年，所以蒙您抽出宝贵时间，深为感激乃至过意不去。（倘若连我这豁出性命的诚实话语都被嗤之以鼻，那我真的想刺杀阁下。啊，说了蠢话。）首先，我是何等程度的少年，请允许我自我介绍一下。十五六岁时，我醉心于佐藤春夫老师和芥川龙之介老师。十七岁时，醉心于运动。（赌上性命）……但是，到了十八岁，又复归芥川，醉心于辻润先生。（太宰这家伙，实在太没劲。你在听吗？不倒翁，向此方，我亦寂寥秋之暮。[1]此句如何？请帮帮我。请别扔进垃圾桶。我会尽量写得有趣些。）透过芥川，我曾爱读阿纳托尔·法朗士（敬语不需要吧）、波德莱尔、爱伦·坡。后来抛下文学，踏上摄影之路，历经种种，成了现在的我。我虽从事文学，却渐感学外语的必要，且不说外语，连日语都不学，（无趣？还需一点点，忍耐一下吧。）虚度光阴。以为自己的生活是盲动，然而，人生本身就是盲动。我如此自问自答。（秋之夜，自问自答之怯弱。[2]这是二百年前的老翁之句。）作为二十岁的少年，这也许过于悲观……舍斯托夫式不安是什么，我不知道。纪德我只读过《窄门》，是纯情青年的恋爱故事，大约只感受到了真诚的可贵……总之，这就是才疏

① “向此方，我亦寂寥秋之暮”为松尾芭蕉所作俳句。

② 江户时代中期俳人炭太祇所作。

学浅的我。就此告辞。我太过无礼了。现在，我突然有了自知之明。若是旧文体，写多少都可以。若是向别人借的衣裳，纵是五纹服[①]，也只能凑合着穿，对吧？既然如此，让我唱吧，（别说可怜话。）不，是让我写吧。

太宰治大人：

小生经一异性友人推荐，读《盲草纸》，然后读《卑俗性》，立成太宰治迷，此即仰慕之信，还望知悉。《新浪漫派》亦自十月刊始购阅，《思虑之苇》业已拜读。所谓知性之极……对于马场之言，小生……不，无话可说。倘是电影迷，此际当持明星相片索求签名，而小生亦盼能得似太宰治大人“签名”之物，可否？静候佳音。如此似同稿纸之信笺，大为失礼，甚表歉意。

敬上

十二月二十二日

我的名字，或许是瞿麦，或许是匏瓜，或许是蓟。又及，在这封信里，我说得不够，或是说得过多，为此感到自我厌

① 后背中央、两袖后侧、左右胸口各绣一家徽的和服，是规格最高的礼服。

恶，体会到《卑俗性》中的那句“语无伦次的招牌”。(不，说了蠢话。)太宰先生，这个不行。首先，我什么时候有异性友人了？全是谎言。签名什么的不需要。我是阁下的……不，越来越难了。绝不需要您回复。那种东西，我讨厌。可笑。我们的作家出现了，这是可喜之事。即使痛苦，也请活下去。在您身后，聚集着十万个无法言语丧失自我的亡者，他们蠢蠢欲动。在日本文学史上，能推出我们的选手登场亮相，真是太高兴了。我因着给予我们芸芸凡人以自我表达的作家的出现而欣喜不已。(泪流不止，无可奈何。)我们十万青年，步入真实社会，究竟能否生存下去？这严肃的实验，于阁下一身上，默默地进行着。如上所述，我尚未脱离少年境界，对于身为“高处的空气，强劲的空气”的您，写信或面见，都会令我感到“冻僵的危险”。我以实在敬畏的态度，仅致此信一封，我要逃离您。但愿，盲蜘蛛能对褐头山雀宽宏大量。当然，您的作品我自认比任何人都热衷爱读，所以再说一句。——你的黄昏开始到来了……你玩弄闪电。凝视太阳过于深久了。那可受不了。

对于《盲草纸》的作者，上面这句话不知是否适用——它出自斯特林堡的《到大马士革去》。唉，用了做作的写法。不再写了，太宰治大人，我想飞去您那里，在暗处说话。如果您给《改造》写，我就买《改造》，如果您给《中公》[①]写，我就

①《中央公论》的简称。与《改造》均为杂志名。

买《中公》。并且，故意不还三元欠款。

顿首。

我是女人

*　　*　　*

太宰治先生：

愿你自重自爱。你当自觉，唤起高迈精神完成禀赋才能，乃天授予尔之天职。勿在梦中徒悲泣。应努力完成庄严之五十张稿纸。五百元钱于你大约足矣。以八十元定做新披风，以二百元定做衣裤白袜一套，即成二百八十元之豪华版新年贺客。清晨，我将守立门前相候。

深沼太郎敬复

*　　*　　*

太宰治先生及尊阃：

敬启。其后久疏联络，身体可好？谨致问候。自两三天前，屡次收到明信片及电报，要求寄给太宰君二十元作为稿酬，但我社稿酬只能给六元五十分（稿纸两张半），小生现下囊中羞涩，今日终于向友人借到区区十元。承蒙四度重写，同情万分，但只能寄去共计十五元。虽已临近除夕，太宰君仍会满不在乎地大肆挥霍，故请由您保管，酌情转交。本想多寄一些，但我也为生活所迫，无能为力。

麹町区内幸町武藏野新闻社文艺部
长泽传六

某月某日

腊月严冬夜半，一跃而起，提笔记录。

一、我并不卑劣。

二、但，我是独自创作。

三、有人在看。

四、“我也彻底穷了，是吧。”

五、不该如此。

六、蛇身清姬[①]。

七、“偷瞄了你一眼，是不幸之始。”

八、此时的太宰，是睡是醒？

九、“惜乎，浪费才能！”

十、筋骨型。

---

① 关于纪州道成寺的传说。少女清姬被自己钟情的僧人安珍背叛，激怒之下化为蛇身，将躲入道成寺大钟的安珍烧死。

十一、艰难困苦，玉汝于成。

（思念的队伍络绎不绝，千紫万红百姿亿态）抓住一条记录时，会错过三十倍、四十倍乃至成百上千句话。

S

某月某日

津岛修治先生：

前略。料想仁兄其后自当静养，本已安心，却风闻仁兄近来靠药品注射求刹那安稳。窃以为此举甚不体面。关于药品注射之可怕后果，想必仁兄当已知晓，故今不再重申，唯切盼仁兄能持如对恋人断念般之大发心，尽力弃之。佛典所云“勇猛精进”，想来即是促成此种决心之意。其实本该登门申述，但仁兄也是一家之主，并非稚童，相信无须当面也能理解，故此写信告知。不妨寻一温暖之地或去温泉静思一番如何？亦可与青森之兄长商量，以求妥善处理。此苦口婆心之言。抑或已安排好去温泉了？若移居温泉还望告知，当与北泽君一同拜访，小生也想在那左近旅馆稍作逗留。请向尊夫人问好。顿首。

早川俊二

*　*　*

只能拿出三十元。听闻你要拼命，我很担心，究竟怎么回事？其实直到二十日为止，我一直在等兄长告知详情。

这样分开对彼此生活的认识多有不足，想来会遭遇种种困难。说是豁出命来，所以才寄钱给你。但我的生活也绝不富余，因此只能预支薪水（那也没能预支太多）。

不是装腔作势，亦非奢侈度日。身为教师，并非一味如普通人所想一般生活。曾经，你我应该都有燃烧青春热血的工作。（不是文学。）就是那个。是因为那个。而且，自孩子出生以来，妻子得肺病，我也得肺病（当然不重），经济十分拮据。

所以，就三十元，忍忍吧。可以的话，记得还我。因为我可真是豁出命来了。

我大体知道你对文坛流言、小说以外的生活态度如何。但，我不愿相信那是你的全部。

打起精神来！什么拼命……什么寻死……有那样的人吗！

气质泽猛保

*　*　*

恶习当除去。

本乡区千驮木町五十

吉田浩

某月某日

虽觉非说不可，终究说不出口。到暑假我决心写信。我想写信。一边想着非写不可，一边思考为何写不出来。尽管您以“人不该嘲笑别人”教我，我仍旧写不出来。信决定了我。写信的决心已定。从明日起我要画一张画，并且更加坚定决心。一周时间可大体画完，然后去茑[1]写信。信不写不回东京。不管怎样，写完信再说。《青鞭》创刊号已收到。我会付诸实行。没有任何创作，只想画这样的画，期盼得到您的认可却不付诸实行的自己，令我心焦如焚。自船桥归来当日，我对自己彻底绝望，很是伤心，您的话，现在尤其给了我绝对必要而宝贵的力量。毕加索也好，马蒂斯也好，由于看法不同均可付之一

① 应为地名略称，具体不详。

笑——这便是我正在实行的事。我想，我最近所画的画并非实行，而是借口。我本想写很长很长的信。我曾说无懈可击的信“根本写不出来”，似乎引起了千家君的误会。直到发誓写信那天，我一直在努力。从那天起对您说话不需努力。本想写一封能看一整晚的长信。我不是鼬鼠。我有时觉得自己像苹果树一样沉重。不想跟别的家伙说话。唯独对您，什么话都能说。如果您不相信这封信，我会死。

敬四郎拜上

某月某日

敬启：

突然提出冒昧请求还望见谅，不知老师可否收我为徒？我看了《卑俗性》，现在还在读。我今年十九岁。去年自京都府立京都第一中学毕业，明年打算去三高文科丙班，或去早稻田，或是大阪药专。我想成为小说家，正在拼命学习。老师，请一定收我为徒。为此，需要哪些手续？辻润说，伟大的灵魂只能被伟大的灵魂发现。我有一点画讽刺画的才能，也对文学敏感。出身上等，但有点古怪，既是基督徒，又是创造性虚无主义者，是个可怜的男人。请务必回信。太宰主义以骇人之势渗入了我们的团体。几乎高兴死了。再见。期待回音。

三重县北牟娄郡九鬼港

气仙仁一

又及，我有刺青，和老师小说里提到的图案一样。整个背部碧波荡漾，有鲜红的大朵玫瑰，四尾如青花鱼的尖吻细长鱼类，将鱼身擦过花瓣嬉游。由于是乡下刺青师，似乎没纹过玫瑰之类的花，那大朵玫瑰活像不值一提的猴脸，一时我只好整日闭着窗帘，躲在昏暗的房间里睡觉，甚感无聊，幸运的是，不下相当大的功夫不能看见我的背部，而我牢记着四季皆穿短袖衬衫，因此渐渐淡忘此事。来年要考三高文科丙班。老师，我该如何是好？教教我吧。我喜欢山田若。我知道她一定腕力过人。我的老爹老娘，有时会被我惹怒，狠狠地扇我耳光。不过，老爹老娘都很弱小，所以我根本没想过报复。父亲是现役陆军中校，但一点也不魁梧，好笑的是，他永远都是五尺一寸高，只会越来越瘦。他想必很不甘心吧，会抚摸我的脑袋哭泣。也许，我是个非常不幸的孩子。我是和平主义者，所以昨天也盘腿独坐于十五平方米的房间中央，四下张望，房间角落看得一清二楚，对人而言，困扰之最莫过于不善打架。

汽船荷一

*　*　*

您似乎很痛苦，但大家恰恰都在忍受着与您现在同样的痛苦而活。您的创作，这半年来，没有一家杂志愿意刊登。这是作家迟早必须通过的低谷。这是记者之间的默契，没办法。随信附上二十元。这钱是我暂且垫付的，所以您高兴时写三四张旅行日记也好，请来稿。建议您用这笔钱来一趟五六天的穷游。我，即使只剩独自一人，也会相信您。

春田被解雇了。是我那样处理的。

大阪沙龙编辑部

高桥安二郎

*　*　*

根据尊夫人的报告，您似已戒掉烟酒。取而代之的，则是每天要吃二十根香蕉，嚼烂三十根牙签——尖端咬得七零八散犹如棕榈叶，到处闲逛随地乱吐，还没什么要紧事就溜出被窝，徘徊游荡，把头撞上电灯罩，磕坏了三个之多。得知这一切，才明白尊夫人“一波未平一波又起”之叹诚非得已。但这不是太宰一人之过，是大家联合起来，把你当作笑柄。为此，我对两三个人生出杀之亦难宽恕的愤怒。太宰，何愧之有？昂首前行吧。

黑

* * *

太宰治先生：

其后久疏联络，先生文名日益隆盛——此语纵被斥为多余的恭维，对这稍许指正，我也不感惊讶。前些日子，《盲草纸》又占据了我绝大部分的读书时间，还每月拜读《思虑之苇》，以为严格的修养之资。目送步步稳健顺利出人头地的年轻人的背影，我怀着瞻仰世间众生最珍贵的光芒的心情，于昨日清扫了神龛，并祈祷吉田先生飞黄腾达。想来真是不可思议的缘分。太宰先生一年里仅订了三百张稿纸，还只是端放在书桌上当摆设，旁边放着钢笔。不管我何时去府上，都不见稿纸有分毫减少，您不是与早川先生默默下象棋，就是睡午觉。对我来说，是最坏的顾客，尽管如此，我给那一带的作家送完货返回时，必定会顺路拜访，承蒙香茶款待，悄悄期待着必然现身的人。您从不在背地里说人坏话，即使我讲起旁人的消息，您也显得意兴索然，只是非常热心地研究我的生意。我这双眼不会看错。昨天又在某剧作大师面前，如此发表了一席夸口之谈，大获成功。即使挨骂，也没办法。以后决不再传闲话，仅限此次，还请宽恕。在意外之处犯下了大错。话说，您吩咐的稿纸，本月初刚送去五百张，您又订了五百张，令我大吃一惊。昨晚已送去千张。请默默收下。第一小说集，至今仍未到出版阶段吗？在出版纪念会上，我想献唱一曲《鹤龟》，以传达内心喜悦之万一，只是深沼家那边不会出席能容我吼叫《鹤龟》的聚会，所以在这种情况下，出版纪念会将不得不举办两次，一次是深沼家全员出席，一次是深沼家缺席而“鹤龟”出现。这是关于深沼家的街谈巷议。再者，此次，因《英雄文学》终于由您执笔创作，我在本月初的紧急报告，派上了一点用场，今后，我将一如既往地向您汇报，这把年纪了还总是起哄，我这自以为是的拙劣文章，尽管莫名其妙，敬请判读。腊月还剩一两天，商人只感火烧眉毛。书于深夜三点钟。

田所美德

*　　*　　*

太宰治先生：

来信已拜读。您的窘况，我深有同感。如此回答连我自己也觉得不愉快，尤其知道这会对你产生怎样的影响，所以写来有些勉强，但这个月我自己也做了蠢事，很为难，因此实在无能为力，请您不要见怪。这完全是事实上的问题，绝无感情上的讨价还价。如果可能还请相信，我对您的诚意不变。窗下，年货集市的笑语喧哗声声入耳。请保重身体。

细野铁次郎

* * *

是惩罚。想当作家想到要杀死一个女人的地步？挣扎着获得作家的光荣，活该，你这吸毒成瘾的臭虫。肯定没想到会变成这样吧？

自地狱里的女人

某月某日

太宰治老师：

太宰阁下，恐怕，这是头一次有女人寄信给你。阁下既是女人，男人自会温和相待，而女人则嫉妒你。前些天在友人那里（我在神乐坂的说书场卖火盆和坐垫）看了你的来信，感到很不愉快。那个朋友，不知该算是从表兄弟，还是叔祖伯祖，总之非常复杂，尽管如此，我们确有血缘关系。他正在念日本大学的夜校，说是要当电气工程师，再过两年，我会嫁到这个朋友家。他晚上去大学，早上以京王线新建小火车站的副站长头衔，带着便当出门。这位副站长把那些对父母兄弟姐妹都不会说的重要事宜，每周向你禀告一次，然后，每四周一次，像女佣一样，查收用两三行潦草文字书写的明信片，贴在相簿一样的东西上，一来人就非常兴奋地拿出展示，我甚至为之噙泪。有时见他就寝后还将那相簿藏在被窝里，周日早上，我去叫阿谦起床，然后发现了那本相簿，阿谦面红耳赤，拼命从我手里抢回。我放声大哭。非常无聊的明信片。对于读者的眼光，阁下必须给出远远更高的评价才行。作为男人，作为即将出人头地的男人，给你写信自称忠实读者，可是豁出命去的。作家不是人，所以不了解人的诚实。相簿里阁下的明信片，有十七张，像约好了似的，内容一律是这次给某杂志的几月刊写了多少张稿子，下次要以某某为题出版几百页的小说集。你是觉得，说别的他也看不懂吗？你知道阿谦上小学时书读得有多好吗？再者就算是我，在学业和针线活儿上，也向来不输于人。今后，谢绝再寄明信片来。阿谦太可怜了。大抵在小说发表的五六天前，你就要写明信片吧。这种问候函寄出了五十张之多？我们说书场的师傅在说新作品之前，会以驱除厄运之名，分发荞麦面或寿司，我们吃完寿司，再聆听新作，神奇的是，这样听来果真很棒。你二人情形与此无异。阿谦并非尊敬阁下。你若那般自以为是，就太不像话了。我觉得阿谦的心意太难得，真想把他对于阁下小说的哪一处发表了怎样的意见用唱片录音寄给你。不管你要给哪家杂志写稿子，或是还有多少其他拥趸，对阿谦来说丝毫都不是问题。而且，阿谦为人无论如何也比你强，你自己没留意的地方，他都很细心地注意到了，就那样护着你。如果你能为我们两年后的家庭幸福稍微想一想，就请你以后不要再给阿谦寄那种肮脏的东西。无论何时，那都是我们争吵的根源。幸运的是，只要你还有哪怕一点点人性，我确信你今后会改正态度。连做梦都毫不怀疑。明确地说，你和你的小说，我都不喜欢，有一种从趴着毛虫的绿叶下方钻过的心情。只想赶快对你说声永别，一刻也不想耽搁。

平河多喜

给不认识的人偷偷写信，想必是我此生唯一的一次。藏在腰带里的信，取出又塞回，伫立不动想了很久。

*　*　*

受雇作家太宰治：

你就那么想要钱吗？今早，我又在报纸的广告版里，发现某个男人（确实应当是你）向某个男人（确实应当是我）发出求救信号，不敢当啊。说来可笑，直到昨天都还活力四射的男人，自从发出要钱的求救信号，便顿时令人兴致索然，惨不忍睹，这是怎么回事呢？不知你到底有没有念诵那段“寿无限寿无限……吃芋头吧”的疯癫咒语。念诵那段咒语时，你是怎样一副表情？自称什么最高级和最低级双意识家的你，为了一百元钱，居然向小生这般住址和身份不明之人自曝己短，真想知道你当时的表情，所以下次你在哪家杂志发表随笔时有一条要求：其他读者看不懂无所谓，要为我一人写上百句话。是X，是Y，而且最重要的，是一百元。

太宰治君，别以为谁都不知道，就做下流事。我奉劝你自重。

自正在消遣的有钱人

某月某日

太宰先生：

我也是再过一两晚就二十五岁了。我会从二十五岁开始写小说，三十岁成为畅销作家，然后，分到一点家产，然后和乡下早有约定的近视姑娘结婚。先是男孩，再是女孩，然后是男孩、男孩、男孩、女孩，以这样的顺序生孩子。四子会因感冒缠绵不愈而引发肺炎，在五岁夭折，然后我会彻底衰老，即便如此，我每年仍会写两篇扎实的小说，在五十三岁死去。我的父亲，也是在五十三岁去世的，大家一致称赞。那年纪正合适吧。您说很早以前就提过的《英雄文学》约稿的小说，已完成送交杂志社，我从现在开始期待那篇作品，因之满心欢喜。一定会是杰作吧。

* * *

前略。小说完成，此大庆也。在震耳欲聋的喝彩声中，又让我们见到了威胁同行生活的企图。恭喜。鉴于寄给了《英雄文学》社，若是寄给稿酬再高一些的地方就好了。不过，算了，除夕，新年，损失一百来元也无妨，这种想尽快抓住现钱的心理，在我们古风作家或你们纯文学者，都是一样的。

祝新春愉快。

萱野铁平

某月某日

太宰治老师：

日前（二十三日），已按令堂大人所嘱寄去年货：年糕、咸鱼一包，黄瓜一桶。据您来信所言，黄瓜未能收到，烦请至贵地火车站查询后回信告知，以上请转告尊夫人。

以下，尚有二三言。过完今年，已有二十八年，自十六岁的秋天到四十四岁的现在，身为出入津岛家的穷商人，不学无术，自知此时不该喋喋不休，暂请容我无礼僭越，汗颜俯首，披陈显而易见之逆耳忠言。依据传闻，您近来借钱恶癖复萌，甚至向素不相识的名士张口借钱，而且像狗一样哀求，更兼遭到拒绝却恬不知耻，辩称借钱有何不对，只需他日如约返还，于对方亦无不便，自己也可得救，何罪之有？听闻日前还因此向尊夫人抛掷火盆，砸破两扇玻璃门。此话纵有七分夸张，我已暗自流泪不止。贵族院议员、勋二等的门第，在你们文学者眼里，丝毫不值得骄傲，同朽物无异，然而念及令尊过世之后仅余天地一人的令堂大人，当容鄙人给您留些脸面。“把我一人当作坏人，断绝父子关系开除户籍，赶出家乡，现在越发得寸进尺，只将我咒骂中伤，仿佛如此即可令四面八方顺利平息。”从诸如此类的话中，可以看出您的怨愤。您或以为，现在暂时名扬家和之后，令兄令姐会以若干名目加以谩骂。那般曲解定然毫无必要。日前，我听闻嫁给山木田先生的令姐菊子女士由衷悲叹，若以戏剧作比，相当于承担政冈[①]这一重要角色。面对的若是讨厌之人，纵是主人身份，也不会那般照顾。不仅是我，令姐菊子女士亦然，为了照顾您，不顾在婆家的为

---

① 日本江户时代的歌舞伎、净琉璃作品《伽罗先代萩》的主角。作为幼主的乳母，不惜牺牲亲生儿子的性命以阻止针对幼主的谋杀。

难立场，硬要义务奉献。因此自即日起，请务必务必打消向他人借钱的念头，万不得已时，请通知我，还望尽量忍耐，此事若被令兄知晓，在小生非同小可，此次小生暂代垫钱之事，还望保密。容我重申，对于讨厌之人，我不会不厌其烦地说三道四，这一点请理解，然后盼能养生自重。

末笔顺祝新年快乐。

青森县金木町
山形宗太

元　旦

谨贺新年

*　*　*

献春

*　*　*

新年快乐

*　*　*

贺正

*　　*　　*

颂春献寿

*　　*　　*

献春

*　　*　　*

敬启：

刚刚收到原稿。大概是弄错了吧？记忆中本社并不曾向您约稿，暂且另函寄回，还望收取。

英雄文学编辑部

R

*　　*　　*

谨贺新春

*　*　*

贺正

*　*　*

颂春

*　*　*

谨贺新年

*　*　*

谨贺新年

*　*　*

谨贺新年

*　*　*

谨贺新年

*　*　*

贺春

*　*　*

恭喜

*　*　*

谨贺新禧

*　*　*

贺春

*　*　*

谨贺新年

*　*　*

颂春

*　*　*

贺春

*　*　*

颂春献寿

回忆

第一章

黄昏时分，我和叔母并肩站在门口。叔母套着背婴儿时穿的棉罩衣，好似背着一个人。当时昏暗街道上的寂静，令人难忘。叔母告诉我，天皇仙游了，又补充说，是活神仙。我好像也兴致勃勃地嘀咕道："活神仙？"然后，我似乎说了什么不敬的话。叔母责备我说："不能那样讲，要说仙游了。"我记得，自己当时明知游往何方偏还故问，把叔母逗笑了。

我生于明治四十二年夏，大帝驾崩时，我刚过虚岁四岁。应该是同时期发生的事吧，我和叔母去了离我们村十五里路的某村的亲戚家，在那里见到的瀑布令人难忘。宽阔的瀑布位于村子左近的山里，如一道白练自长满青苔的悬崖直落而下。我坐在一个陌生男人的肩上眺望瀑布。旁边有个神社，那人带我去看了各种各样的绘马[①]，可我渐感无聊，便"纺织娘、纺织

---

① 在日本神社、寺院祈愿所用的一种奉纳物，通常以木板制成，呈五角形。大者类似匾额，小者则为木牌。顾名思义，其上所绘原本是马，后来图案日趋丰富，不拘一格。

娘”地哭叫起来。我管叔母叫“纺织娘”。她正同亲戚们在远处洼地里铺上毛毡围坐哄闹，听到我的哭声，急忙站起身，却似被毛毡绊了脚，重重地打了个趔趄，身子弯得像在鞠躬。旁人见了纷纷起哄，笑叔母喝醉了。我远远俯瞰那一幕，心下无比懊恼，越发放声大哭。还有一晚，我梦见叔母要抛下我离家出走。叔母的胸膛将玄关的便门堵得严严实实，自那泛红饱满的胸口，颗颗汗珠滚滚滴落。叔母粗声嘟囔说，我讨厌你了。我把脸颊贴在叔母的乳房上，流着泪不停地求她别走。

关于叔母的追忆还有许多，但对于那时的父母，却偏生毫无印象。我家是个大家族，有曾祖母、祖母、父亲、母亲、三个哥哥、四个姐姐、一个弟弟，还有叔母和她的四个女儿，可是除却叔母，关于其他人，我在五六岁之前可以说几乎毫无印象。以前，宽敞的后院里好像有五六棵苹果树，赶上阴天，曾有许多女孩子爬上那些树；院子的一隅种了菊花，下雨时，我曾和一大群女孩子撑着伞赏菊花齐放。这些情景，我都隐约记得，那些女孩子可能是我的亲姐或表姐。

到六七岁，回忆也清晰起来。有个叫阿竹的女佣教我读书，我俩一起读了各种各样的书。阿竹对我的教育很是热衷。我因体弱多病，卧床看了很多书。一旦没书读了，阿竹就从村里的主日学校等处不断借来儿童读物给我看。那时我已学会默读，看多少书都不觉得累。阿竹又教我道德。她多次带我去寺院观看画着地狱和极乐世界的挂轴，并作解释。纵火者背负赤焰熊熊的笼子，纳妾者身体被双头青蛇紧缠，痛苦不堪。血池、针山、名为无间地狱的白烟弥漫的无底深渊，到处都是苍白瘦小的人，嘴巴微张号哭不止。听说一旦撒谎就会下地狱，被拔舌变成这些小鬼时，我吓哭了。

寺院后面是地势稍隆的墓地，众多浮屠沿棣棠或是什么植物的篱笆林立，有些浮屠上装着满月大小的轱辘般的黑铁环。阿竹说，拨动铁环，如果铁环很快就停止不动，那人就会去往极乐世界，而一旦快停下的铁环又倒转，那人就会堕入地狱。阿竹拨动时，铁环总是发出悦耳的声音转上片刻，然后悄然静止。而我拨动时，铁环经常倒转。记得那是一个秋日，我独自前往寺院，不管拨动哪个铁环，都像约好了似的哗啦哗啦地倒转。我强忍快要爆发的怒火，执拗地接连转了几十次。直到天快黑时，我才绝望地离开了那片墓地。

父母那时好像住在东京的别墅，我曾由叔母领着去过一趟。听说我在东京待了很久，但我几乎毫无印象，只记得有个老婆子常去我家。我讨厌那个老婆子，她一来我就哭。她曾送给我一个红色的邮政汽车玩具，可是一点也不好玩。

不久，我上了故乡的小学，追忆也随之一变。不经意间，阿竹不见了。她是嫁到了某渔村，可能担心我会跟她走，便默不作声地突然离去。当是次年盂兰盆节前后，阿竹来我家玩，我却觉得两人似乎生疏了。她问我在学校成绩如何，我没回答。好像有人替我告诉她了，而阿竹只叫我切勿粗心大意，并无任何夸奖。

就在那时，发生了不得不和叔母分别的事。在那之前，叔母的次女已出嫁，三女死了，长女招了个牙医做上门女婿。叔母带着长女夫妇和幼女，去远方的城镇自立门户。我也跟去了。那是一个冬天，我和叔母蹲在雪橇角落里，雪橇尚未开动，我三哥就“倒插门、倒插门”地骂我，从雪橇篷外不停地戳我屁股。我咬紧牙关，含屈忍辱。我本以为自己被叔母收养了，可是到了要上学时，我又被送回了故乡。

上学后的我，已不再是小孩。后院的空宅地上，悠然生长着各种繁茂的杂草。一个晴朗的夏日，在那片草原上，弟弟的保姆给了我一次喘不过气的经历。我那时大约八岁，保姆也不过十四五岁。在我老家，管苜蓿叫“母草”，那保姆让我和小我三岁的弟弟去找四片叶的母草，并抱着我在地上打滚。然后，我们还躲在仓房或壁橱里玩捉迷藏。弟弟太碍事了。由于被独自留在壁橱外面的弟弟老是抽泣，我们被我三哥发现了。三哥问过弟弟后，打开壁橱门。保姆镇定地说，是钱落在壁橱里了。

谎话我也常说。小学二年级还是三年级的女儿节那天，我曾对老师撒谎，说家人今天要装点过节用的古装玩偶，叫我快点回去。于是我上了不到一个钟头的课就回家了，对家人则说今天是桃花节[1]所以学校放假，然后多此一举地帮着从箱子里取出玩偶。我还很喜欢小鸟蛋。揭开我家仓房顶上的瓦片，随时都能捡到许多麻雀蛋，不过没有灰椋鸟、乌鸦等小鸟的蛋。我跟同学要到了那翠绿欲滴的蛋和布满独特斑点的蛋，我则分别拿出五本、十本藏书作为交换。收集的鸟蛋用棉花团团包裹，将书桌抽屉塞得满满当当。我的三哥，对于我的秘密交易似乎有所察觉。一天晚上，他叫我把西洋童话集和另一本忘了叫什么名的书借给他。我憎恨三哥的坏心眼。那两本书，是我准备投资给鸟蛋的。一旦我说没有，三哥就会追查那两本书的去向。我回答他肯定有，只是得找找。我的房间自不待言，我还拎着油灯在家里到处走到处找。

三哥跟着我，笑问："没有吗？"

我则顽强地一口咬定："有。"甚至爬上厨房的橱柜去找。

最后三哥说："算了。"

我在学校写的作文，也可以说全是胡扯。我努力把自己写成一个神秘的好孩子，如此便可经常赢得大家的喝彩。我甚至剽窃。当时被老师们誉为杰作的《弟弟的手影》，就是我通篇抄袭了某少年杂志上的一等奖作文。老师让我用毛笔将那

---

① 女儿节的别称。

篇作文誊清，然后拿去参加展览会了。后来被一个爱读书的学生识破，我希望那个学生死掉。当时，小品文《秋夜》也获得了老师们的一致表扬，内容是写在一个月明之夜，我学习学得头疼，便跑到走廊环顾庭院，见水池里有许多金鱼锦鲤游来游去，正当我出神地望着静谧的庭景时，却从隔壁房间传来母亲等人的哄堂大笑，我顿时回过神来，竟发现头已不疼了。一句实话也没有。庭院的描写，是摘抄自姐姐们的作文，而首先，我根本不记得自己曾学到头疼。我讨厌学校，所以教科书一次也没学过，净看娱乐书了。家人则以为，我只要读书，就是在学习。

然而，我若在作文里说实话，则必定造成恶果。在作文里抱怨父母不爱我时，被班主任叫去教员室训了一顿。写命题作文《如果战争爆发》时，我这样写道："地震、打雷、火灾、老爹——如果爆发了比这些更可怕的战争，就先逃到山里吧，逃跑时顺便叫上老师。老师也是人，我也是人，对战争的恐惧应该是一样的。"校长和副班主任一同对我展开调查，问我这样写是出于什么心态，我敷衍他们说只是半开玩笑。副班主任在笔记本上写下"好奇心"三个字。然后，我和他开始了一番争论。

副班主任问道："你写'老师也是人，我也是人'，那么人都是一样的吗？"

我扭捏地回答：“我想是的。”我到底是个沉默寡言的人。

他又问我：“如此说来，我和校长一样是人，为何工资不同？”

我思考片刻，然后答道：“那是因为工作不同。”细长脸上戴着铁框眼镜的副班主任立刻把我这句话记在笔记本上。我老早就对这位老师抱有好感。

然后他问了这样一个问题：“你父亲和我们是一样的人吗？”

我很为难，什么也没回答。

我父亲是个大忙人，很少在家。即便在家，也不和孩子们在一起。我很怕这样的父亲。我想要父亲的钢笔却不敢开口，思前想后独自烦恼了好久。终于有一晚，我合眼躺在床上假装说梦话，冲正在隔壁房间与客人交谈的父亲低声呼唤：“钢笔、钢笔！”那呼唤当然既没进入父亲的耳朵，也没进入父亲的心。我和弟弟进入堆满米袋的大粮仓里玩得正开心，父亲突然堵在门口呵斥道：“调皮蛋，出来！出来！”父亲背对阳光，高大的身影黑黢黢的。一想到当时的恐惧，我至今仍不寒而栗。

我对母亲也生不起孺慕之心。吃乳母的奶水、在叔母怀中长大的我，直到小学二三年级，还不认得母亲。是两个男仆一起教我如何自渎的。有一晚，睡在旁边的母亲见我的被子在动，疑惑地问我在干什么。我惊慌失措，回答说因为腰疼所以在按摩。母亲困倦地说，腰疼揉揉就好，别光敲打。我便默默地揉了会儿腰。对母亲的追忆多是凄凉的。我从仓房里翻出哥哥的西服穿上，一边在后院花坛间闲逛，一边眼中噙泪地哼唱我即兴作曲的充斥哀调的歌。我想以这身打扮和账房的寄食学生玩耍，就让女佣喊他过来，却迟迟不见人影。我一边用鞋尖哗啦哗啦地磨蹭后院的竹篱笆，一边等他，终于等得不耐烦，就那么双手插在裤袋里哭了出来。母亲发现我在哭，不知为何，直接剥下那件西服，啪啪地打我屁股。我感受到切肤之耻。

我早就对服装感兴趣。衬衫袖口若无扣子，我是不肯穿的。我喜欢白色法兰绒衬衫。汗衫领子也必须是白色的，我会留意将白领子从领口露出一两分来。中秋之夜，同学们都身穿盛装来到学校，我也必定每年都穿茶色粗条纹的法兰绒和服去，在学校的狭窄走廊里尝试像女人一样婀娜地小跑。我总是偷着打扮成那样，以防被人察觉。因为家人们都说我的容貌是兄弟当中最差的，一旦被人知晓那般丑男居然作如此打扮，定会惹来嘲笑。于是，我反而装作对服装漠不关心，而且我觉得在某种程度上是成功了。无论在谁眼里，我肯定都显得既鲁钝又土气。我和兄弟们坐在饭桌前时，祖母和母亲经常一本正经地谈论我的长相之丑。我还是很不甘心，相信自己相貌不差，所以曾去女佣的房间，不动声色地问她们，兄弟几个谁最英俊。女佣们大抵都说大哥第一，其次就是小治你了。我面红耳赤，却仍有些不满。我希望她们说我比大哥更英俊。

不光是容貌，在笨手笨脚这一点上，祖母她们对我也不满意。因为持箸的方法不对，每次吃饭都会被祖母提醒，我的鞠躬也被说成是撅臀翘腚不雅观。我被迫端坐在祖母面前，一遍又一遍地鞠躬，可无论做多少次，都听不见祖母夸一声“做得好”。

我也很怕祖母。村里的戏棚舞台开幕，请来东京的雀三郎剧团表演时，我每场必看，一天不落。那戏棚是我父亲搭建的，因此我随时可以免费坐到好座位。放学回来，我立刻换上柔软的和服，将一端系有小铅笔的细银链挂在腰带上，再跑去戏棚。生来头一回见识到歌舞伎，我兴奋得看狂言时也多次流泪。那次演出结束后，我召集弟弟和亲戚家的孩子们组成剧团，尝试自己演戏。我以前就喜欢这样的活动，把男仆和女佣召集到一起，给他们讲故事，放幻灯片或电影。当时，我们排演了《山中鹿之助》《鸠之家》《活惚舞[1]》这三个狂言。我从一本少年杂志上摘取山中鹿之助在溪涧岸边的一间茶馆里收服侍从早川鲇之助这一段，改编成剧本。我费尽心思，将“在下名为山中鹿之助……”这长长的一句话改成歌舞伎的七五调[2]。《鸠之家》是无论我读多少遍都会落泪的长篇小说，我

① 一种配合俚歌俗曲的滑稽舞蹈。

② 按七音、五音的顺序反复的诗歌形式。

将其中尤为悲伤的部分改成两幕剧。《活惚舞》是雀三郎剧团结幕时后台人员必定全体出动所跳的舞蹈，因此我也决定跳那个。经过五六天的排练，终于到了演出当天，我们以书库前的宽阔走廊为舞台，拉了个小帷幕。白天里就做了那些准备，结果祖母的下巴竟被帷幕的铁丝钩伤了。祖母将我们臭骂一顿，说："你们打算用这铁丝杀了我吗？别学那帮臭戏子！"尽管如此，那晚还是召集了十几个男仆和女佣来演戏，可一想到祖母的话，我心口就堵得厉害。我演山中鹿之助和《鸠之家》的男孩子，也跳了活惚舞，却丝毫提不起劲头，只感到落寞难堪。后来我也时常表演《盗牛贼》《盘宅》《俊德丸》等剧目，但祖母每次都显得很不悦。

虽然我不喜欢祖母，但在失眠的夜晚，我对祖母还是颇为感激的。我从小学三四年级开始患上失眠症，到深夜两三点钟还睡不着，常在被窝里哭。家人们想方设法，教我尝试了各种办法，比如睡前舔一口砂糖、跟着钟表的嘀嗒声数数、用冷水冰脚、把合欢树叶铺在枕下[1]等，但好像都没什么效果。大概是我这人心眼小，很多事都会翻来覆去地琢磨，所以更睡不着了。当我偷偷摆弄父亲的夹鼻眼镜，啪的一声打碎镜片时，我更是一连几夜思来想去难以入睡。我家隔壁的隔壁是一间杂货

① 日语"合欢"的发音与"眠"相同。

铺，也卖少量书籍。有一天，我在那里翻看妇女杂志的卷首插图，其中一张画着黄色人鱼的水彩画，我想要得不得了，遂心生窃意，正不声不响地从杂志上往下撕，却被年轻的店主捉了现行，他大叫：“小治！小治！”我把杂志重重地摔在地上，一路狂奔回家，结果干这种蠢事又加重了我的失眠。我还在被窝里没来由地害怕失火，被折磨得痛苦不堪。一想到自己的家有可能被烧毁，如何还能睡得着？一天夜里，我临睡前去厕所，见到与厕所隔一条走廊的漆黑的账房里，寄食学生正在独自放电影看。白熊从冰崖上跳入大海的一幕幕场景，以火柴盒大小的画面闪映在隔扇上。我悄然凝望，不禁体会到他的那种不胜悲伤的心境。回到床上，一想起那电影，心就怦怦直跳。我时而想到那学生的境遇，时而格外担心放映机的胶片一旦着火出大事可怎么办，当晚直到黎明来临也没能成眠。我对祖母心怀感激，就是在这样的夜晚。

首先，晚八点左右，女佣会服侍我睡下，她须陪躺在旁边直到我睡着。我很过意不去，一躺下就装睡。我一边默察女佣从床上悄悄离开，一边全力祈祷自己能睡着。在被窝里辗转到十点左右，便抽泣着爬起来。那个时间，家人都已睡下，只有祖母醒着。她和老更夫在厨房里隔着大地炉聊天。我穿着宽袖棉袍就走进去，默默地听他们说话。他们聊的总是村民的闲话。有件事我永远难忘，那是一个秋天的深夜，我正在侧耳倾听他们嘀嘀咕咕地交谈，忽闻远处传来驱虫仪式的鼓声，不禁想到，啊，原来还有很多人没睡呢，心里顿时踏实了。

说到声音，又想起一件事。我的大哥，那时在东京读大学，每次暑假返乡，他就把音乐、文学等新玩意儿带回乡下推广。大哥当时在学习戏剧。他发表于一本乡土杂志上的独幕剧《争夺》，在村里的年轻人中广受好评。写完那场戏时，大哥还念给弟弟妹妹们听。大家边听边说不明白，但我是懂的。就连终场的“好黑的夜啊”那句台词里所蕴含的诗意，我甚至也理解。我认为不该用《争夺》而应以《蓟草》为题，后来便在大哥废弃的稿纸一角，小小地写下了我的意见。可是大哥并未改变标题，仍以原名发表了，看来多半是没注意到。唱片也收集了很多。我记得，家里每回设宴款待客人，父亲就大老远地从大城镇里唤来艺伎，我打五六岁时就被她们抱过，听她们唱“很久很久以前”“那是纪伊国的橘子船”等歌谣，载歌载舞。因此，比起大哥那些唱片上的西乐，我更早便已习惯听日本传统音乐。一晚，我正躺着，听见大哥房间里传来优美的乐声，便抬头离枕侧耳倾听。次日一大早我就起床去大哥的房间，随手拿起一张张唱片播放。然后终于找到了。昨晚令我兴奋至失眠的唱片，名叫《兰蝶》。

不过比起大哥，我和二哥更亲近。二哥以优等成绩从东京某商业学校毕业后，直接返乡，在我家的银行上班。他也遭到了家人的冷遇。我听母亲和祖母说过，家里最丑的男孩子是我，其次便是二哥，我遂以为，二哥之所以不受待见，怕也是容貌所致。我还记得，二哥曾半开玩笑地调侃我说：“咱啥都不要，只想生得仪表堂堂，对吧阿治？”然而，我从未真觉得二哥长得不好看。我相信，二哥在兄弟当中也是较聪明的。他每天都喝酒，跟祖母吵架。每到这时，我都暗自憎恨祖母。

三哥同我不和。我的许多秘密都攥在他手里，所以对他总是望而生畏。而且，他和我的弟弟容貌相似，被大家夸为美男子，我感觉被这二人一上一下压迫得受不了。直到三哥去东京读中学，我才终于松了口气。弟弟是老幺，长相温柔，所以父母都喜欢他。我一直嫉妒弟弟，经常打他，被母亲骂，所以我恨她。想是在我十岁或十一岁那年，我的衬衫和汗衫的针脚里像撒满芝麻一样全是虱子，弟弟对此大笑不止，我便将他打倒在地。但我到底还是担心弟弟，就给他头上鼓起的几个包涂抹了一种名叫“不可饮”的药水。

姐姐们很疼爱我。后来大姐死了，二姐嫁了，另两个姐姐各自去了不同的城镇读女校。我们村不通火车，得往来于离家二十多里地的有火车的城镇，夏季坐马车，冬季乘雪橇，春季冰雪消融和秋季雨雪交加时则只能步行。姐姐们晕雪橇，所以放寒假也步行回家。我每次都去村头堆积木材的地方迎接她们。即使天全黑下来，路也被雪光衬得很亮堂。要不了多久，当姐姐们提的灯笼从邻村的森林深处隐约闪现时，我就大声呼喊，挥舞双手。

三姐上学的镇子比四姐的小，因此三姐带回的礼物也总显得比四姐的寒酸。有一次，三姐一面红着脸说没买什么，一面从篮子里摸出五六束烟花给我，我当时觉得特别揪心。这个姐姐也总是被家人说长得不好看。

三姐读女校之前，和曾祖母住在厢房，所以我甚至一直以为她是曾祖母的女儿。曾祖母是在我小学毕业时去世的，入殓之际，我瞥见套着白色和服、身子拘挛缩小的曾祖母，还曾担心那个身影今后若是永远烙印在我眼中该如何是好。

不久，我从小学毕业了，但家人说我身体太弱，决定让我再读一年高等小学。父亲说，等我身子骨结实了，就让我读中学，而且像哥哥们那样去东京上学不利于健康，所以要让我去更偏远的乡下读中学。我其实不大想读中学，但还是在作文里写了“体弱憾甚”，博取老师们的同情。

当时，我们村也普及了乡镇制，那所高等小学是我们镇和附近五六个村共同出资创办的，建在离镇子四里地远的松林里。我一直因病休学，但我代表的是原来所在的小学，所以在其他村的众多优等生齐聚的高等小学也必须争取第一。然而，我在那里依旧不学习。我那“很快就会成为中学生”的自矜，令我龌龊地对于那所高等小学感到不快。我在课堂上主要是画连环画，一到休息时间，就绘声绘色地给同学们解说。画那种漫画的笔记本攒了足有四五册。有时我还把胳膊支在课桌上以手托腮，在对教室外景色的茫然眺望中度过一个小时。我的座位靠窗，在很长一段时间里，有一只被拍死的苍蝇就那么粘在窗玻璃上，隐约映入我的视野一角，显得很大，我还当是野鸡或山鸠，好几次都被吓到。我和喜欢我的五六个学生一起逃课，躺卧在松林后的沼泽岸边，聊女同学，大家都撩起和服，拿下体刚长出的稀疏薄毛比着玩。

那所学校是男女同校，尽管如此，我从不曾主动接近女生。我情欲旺盛，所以拼命克制，面对女人胆小如鼠。在那之前，曾有两三个女孩对我有意，但我总是佯装不知。我从父亲的书架上偷出帝国美术展览会的入选画册，脸热心跳地窥看隐于其中的雪白肉体。我养了雌雄一对兔子，经常让它们交尾，雄兔脊背圆弓的样子令我心跳不已。我靠那种事咬牙硬撑。我这人爱面子，所以连“按摩”都没对任何人提及。通过读书了解其危害后，我费尽种种心思想要戒掉，但未能成功。多亏我那段时间每天都要步行走去那么远的学校，身体也胖了起来。额边长了个谷粒般的小疙瘩，也让我很是害羞，用一种名叫“宝丹膏”的药膏把它涂得通红。那年大哥结婚，婚礼当晚，我和弟弟偷偷摸去新嫂子的房间，却见嫂子背对房门而坐，正在绾发。我一眼瞥见镜中新娘那苍白的笑脸，顿时拖着弟弟逃了回来。然后，我死命逞强说："没什么大不了的！"真不该用药膏涂红额头，反而令我感到难堪，越发使我抵触。

冬天临近，我也不得不开始学习以备考中学。我看见杂志上的广告，从东京订购了各种参考书。然而，我只是把它们摆在书箱里，一点也没看。我报考的中学在全县最大的镇上，报考人数必定多过录取人数两三倍。我时常被落榜的担忧侵扰。那种时候我仍坚持学习，而且连续学习一周，马上就有及格的把握。一旦学起来，将近夜里十二点钟还不上床，早上一般四点钟就起床。学习时，我让女佣阿民作陪，叫她生火煮茶。阿民无论熬夜到多晚，第二天早晨一到四点钟，都会来叫醒我。当我被老鼠产崽等算术应用题困扰时，阿民就在一旁安静地读小说。后来，一个上了年纪的胖女佣取代阿民跟着我。得知那是出于母亲的指使，我不禁蹙眉揣度母亲的居心。

次年春天，积雪尚深时，我父亲在东京的医院呕血而亡。附近报社发号外报道了父亲的死讯。比起父亲的死，我更为这样的轰动而兴奋。我的名字也夹杂在遗属的名字中出现在报纸上。父亲的遗体躺在大寝棺里，乘雪橇回归故乡。我和镇上的大群人一起到邻村附近迎接。没过多久，就见好几架雪橇的篷子沐浴着月光，自森林深处陆续滑出。我望着那一幕，觉得美极了。

次日，家人们齐聚在停放父亲寝棺的佛堂。棺盖一掀开，众人立时放声大哭。父亲仿佛睡着了，高耸的鼻梁已然全无血色。我听着大家的哭声，也被惹得泪流满面。

我家在那一个月里，乱得像起了火灾似的。我掺和在那片混杂中，完全怠于学习。在高等小学的期末考试中，也几乎全是胡乱答卷的。我的成绩好像排年级第三，但这显然是班主任对我家有所顾虑的缘故。我那时已经感到记忆力减退，倘不预习，考试时什么也答不出来。对我而言，那样的体验还是头一次。

第二章

尽管成绩并不好，那年春天我还是考上了中学。我穿上崭新的和服裙裤、黑袜和高鞫儿皮鞋，换下以往的毛毡斗篷，披上呢绒斗篷，像个花花公子一样不系扣子敞着怀，奔赴那座海滨小城，然后在我家远房亲戚开在城里的布匹店中卸下行装。以后的日子，在这个门口挂着破旧的商号布帘的房子里，我一直备受关照。

我的性子做任何事都容易得意忘形，入学时去澡堂也曾特意戴上校帽，穿上和服裙裤。每当路旁的橱窗玻璃中映出我的身影，我就笑着向里面的自己轻轻点头致意。

尽管如此，学校真是索然无味。校舍位于城郊，外涂白漆，背后就是面朝海峡的平坦的公园，海浪声和松涛声在上课时也能听见，走廊宽敞，教室的天花板也高，我感觉一切都好，可那里的教师们却把我迫害得很惨。

入学典礼当天，我就在一个体育老师手下挨了顿打。他说我太狂妄。这个老师是我入学考试时的口试官，曾亲切地对我说："爸爸没了，大概你也没法好好学习。"我当时也显得垂头丧气。正因如此，我的心才更受伤。后来我也被很多老师揍过，因嬉皮笑脸、打哈欠等各种理由受到惩罚。据说，因上课时哈欠打得太夸张，所以我在教员室里名声响亮。我觉得讨论这种无聊话题的教员室很可笑。

有一天，一名和我来自同一镇子的学生，把我叫到校园的沙丘后劝告我说："你的态度看起来实在傲慢，如果老是那样挨打，考试肯定不及格。"我愕然了。那天放学后，我沿海岸独自往家赶，一边被海浪舔着鞋底，一边唉声叹气。抬起西服袖子擦抹额上的汗，便见到一张大得惊人的鼠灰色船帆从眼前摇摇晃晃地驶过。

我是即将散落的花瓣，经受一丝微风就颤抖不已。受了人家的一点委屈，都苦闷得要死。我坚信自己马上就会变得很了不起，为了维护身为英雄的名誉，纵是大人的侮辱也不可饶恕，所以考试不及格这种不光彩的事，也正是致命的。此后的我上课时变得战战兢兢。一边上课，一边想着教室里有一百个看不见的敌人，就丝毫不敢大意。早上出门去学校前，我都在桌上摆扑克牌，占卜当天的吉凶。红心是大吉，方块是半吉，梅花是半凶，黑桃是大凶。而那段日子，日复一日尽是黑桃。

之后不久，考试来临，无论博物、地理还是修身，我都努力把教科书上的一字一句依样背下来。这大概是出于我孤注一掷的洁癖，而这种学习方法带给我不好的结果。我学得无比死板，考试时也不知变通，有时答得几近完美，有时则在微不足道的一字一句上栽跟头，思维混乱，只是无谓地弄脏试卷。

然而，我第一学期竟考了全班第三，操行也是甲等。先前一直因担心不及格而饱受折磨的我，一手握着成绩单，一手拎着鞋，赤着脚一直跑到后面的海岸。我太开心了。

第一学期结束，首次返乡时，我想把我中学生活的短暂经历，向故乡的弟弟描述得尽量辉煌出色，便将那三四个月里所有的随身物件捆成行李，连坐垫也不例外。

颠簸的马车一穿过邻村的森林，眼前立时铺开一片绿色海洋，那是长宽达数十里的方正的稻田，尽头耸立着我家的红色大屋顶。望着那里，我感觉似已阔别十年之久。

那一个月假期，我是前所未有地得意。我向弟弟夸大了中学生活，将之描述得如梦似幻。那座小城的情景，也尽量讲得神秘妖异。

我外出写生，采集昆虫，在原野上和溪涧边四处奔走。画五张水彩画，采集十种珍稀昆虫的标本，是老师留的假期作业。我扛着捕虫网，让弟弟带上装有镊子、毒瓶的采集包，追逐着菜粉蝶和蚱蜢，在夏日的原野上度过一天。晚上在庭院里燃起篝火，用捕网和扫帚将飞来的众多虫子挨个击落。三哥进了美术学校的雕塑科，每天在院里的大栗子树下鼓捣黏土。他在制作我那已从女校毕业的四姐的半身像。我也在旁画了几张四姐的面部素描，与三哥互贬对方的作品。四姐认真地给我们当模特，但在那种情况下，她主要是偏向我的水彩画。这个年轻时被大家称为天才的三哥，瞧不起我的一切才能，甚至嘲笑我的文章是小学生的作文。我当时也公然蔑视三哥的艺术能力。

有一晚，我正在睡觉，三哥进来低声说："阿治，给你个珍稀动物。"说着，他蹲下身，从蚊帐下悄悄递进来一个手纸裹着的东西。三哥知道我在采集珍稀昆虫。纸包内响起虫子腿儿挣扎的沙沙声。那微弱的声音，使我体会到了骨肉亲情。我粗暴地打开那个小纸包，三哥憋着口气似的说："别让它跑了，你瞧，你瞧。"我一看，是一只普通锹甲虫。我把那只鞘翅类昆虫也放入我采集的十种珍稀昆虫里交给了老师。

假期一结束，我就伤心起来。离开故乡，回到那座小城，在布匹店二楼独自打开行李时，我差点哭出来。在那种孤单寂寞的情况下，我都是去书店。当时，我也跑去了附近的书店。光是见到那里陈列的形形色色的刊物的书脊，我的忧愁就会不可思议地烟消云散。书店一角的书架上，有五六本我想要却买不起的书，我时常若无其事地在那些书前驻足，双腿颤抖着偷看内页，但我去书店，可不光是为了看那种医学性质的报道。因为当时对我来说，任何书都是休养和慰藉。

学校的学习越来越无聊。在空白地图上用水彩画颜料填入山脉、港湾、河流的作业之类，是最讨厌的。我做事比较考究，给地图上色要花费三四个小时。还有历史什么的，老师特意嘱咐我们准备笔记本记下讲义要点，可老师讲课如同照本宣科，我自然只能将教科书上的文章直接抄下来。尽管如此，我对成绩仍不死心，所以每天的作业还是尽力完成。一到秋天，小城的各所中学就会开展丰富多样的体育比赛。来自乡下的我，连棒球之类的比赛都没看过，只是读小说记住了满垒、游击手、中场手等术语，尽管我很快就学会如何看懂棒球比赛，但也没能达到狂热的程度。不光是棒球，网球也好，柔道也罢，每次和其他学校比赛，我都不得不作为啦啦队的一员为选手们鼓劲助威，那使我的中学生活变得更加讨厌。啦啦队有个队长，他一旦故意穿得脏兮兮，手持太阳旗图案的扇子，登上校园一隅的小山包做演讲，学生们就会高喊："脏鬼！脏鬼！"为他的扮相欢欣雀跃。比赛时，每到一场比赛的间歇时间，队长便挥动扇子，高喊："全体起立！"我们应声起身，挥舞紫色的小三角旗，齐唱啦啦队歌："好对手呀好对手，我当勇往直前——"我觉得很丢脸，便找机会逃回了家。

不过，我也并非没参加过体育运动。我面色青黑，坚信是

“按摩”所致，所以一旦有人说我脸色差，我就会惶恐不安，仿佛秘密被人公之于众。我无论如何都想改善气色，于是开始锻炼。

我从很早以前就为这气色所苦。小学四五年级时，从三哥那里听说了民主主义这种思想，甚至听见母亲也向客人们抱怨说，因为搞民主税金猛涨，收获的大米几乎都用来缴税了。那使我对这种思想感到恐慌。而且，我一边在夏天帮男仆们割除院里的杂草，冬天帮忙清扫屋顶的积雪，一边教他们民主主义。后来才知道，男仆们并不乐意我去帮忙。似乎我割过的草，过后他们还得重割一遍。我试图借帮忙的名义改善气色，劳动了那么久却并无好转。

上中学以后，我想靠运动锻炼出好气色来，天热时，一放学就下海游泳。我喜欢蛙泳，就是像雨蛙一样展开双腿的游法。因为脑袋要从水里笔直探出，所以能边游边看见波浪起伏间的细纹、岸上的绿叶、天上的流云。游泳时，我像乌龟一样尽力把头伸高，因为我想让脸尽可能地靠近太阳，以便早日晒黑。

另外，我住的房后是一片开阔的墓地，于是我画了一条百米跑道通向那里，一个人开始认真跑步。墓地周围满是高耸的白杨树丛，我跑累了，就边读浮屠上的文字边信步闲逛。“月穿潭底”“三界唯一心”之类的句子，我至今难忘。某日，我在一块生满地钱、潮湿发黑的墓石上，发现了“寂性清寥居士”这名字，一时心旌摇曳，便用食指蘸泥在墓前新奉的纸莲的白叶上，如幽灵所为一般，隐约划写下某位法兰西诗人的警句：“我正在土下与蛆虫同戏。”次日傍晚，跑步之前，我先去察看昨天的墓碑，却见文字已被清晨的骤雨洗刷一空，莲叶也到处破烂，令亡魂的近亲尚不及哭奠一番。

我权当玩乐，但跑步终究越来越娴熟，两腿肌肉也圆鼓鼓地隆起，面色却仍无改观。黧黑的表皮底下，沉淀着令人生厌的混浊青色。

我是对脸感兴趣的。看书看腻了，就掏出小镜子，或微笑或皱眉或托腮沉思，对那些表情百看不厌。我定是掌握了能逗人发笑的表情，只要眯眼皱鼻，微微噘嘴，就像小熊一样可爱。不满或困惑时，我就会做出那种表情。四姐当时在镇上的县立医院内科住院，我去探病时就对她做出那种表情，笑得她捂着肚子在床上打滚。四姐和家里带来的中年女佣住在医院，只有她们二人，生活非常寂寞，所以她一听见医院长廊里响起沉重的脚步声，就已然欢呼雀跃。因为我的脚步声格外响亮。我若一周不去看四姐，她就遣女佣来接我。那女佣一脸认真地说，我若不去，本就发烧的姐姐体温更会莫名其妙地升高，病情恶化。

那时我已十五六岁，手背上隐约可见蓝色的静脉血管，身体也感到异常沉重。我和同班的一个黑皮肤小个子同学偷偷相爱了。放学回家时，我俩总是并肩走在路上。即使彼此的小指轻轻摩擦，我们也会脸红。有一次，我俩走学校后面的小路回去，那同学发现，在长着青翠的芹菜和繁缕的田间的垄沟里，浮着一只蝾螈，便默默地捞出来给了我。我虽讨厌蝾螈，但还是欢呼着将之包在手帕里，带回家后，放进院中的小水池。蝾螈摇晃着短小的脑袋游来游去，可第二天早上一看，它已经逃之夭夭了。

我自尊心很强，所以向对方坦白心思之类的事，连想都不会去想。平时就不大跟那个同学说话，而且我当时还对邻家的一个瘦瘦的女生颇为留意，但即使路遇此人，我也会把脸扭向一边，仿佛瞧不起人家似的。秋季时分，半夜失火，我也起来出去看，只见旁边的神社后面烧得火星四溅，神社的杉木林仿佛要将火焰包围起来似的，黑黢黢地耸立着，树上有众多小鸟如落叶般狂飞不止。我明知隔壁家门口有个身穿白色睡衣的女孩正向这边望来，却只把侧脸朝向那边，一动不动地观望火势。我心想，火焰红光映衬下的我的侧脸，看上去肯定有种灿烂夺目的美。出于此种缘故，我和那个同学也好，和这个女生也罢，均未能更进一步地交往。但独处时，我应当是更大胆的。我会单眼闭起对镜微笑，用小刀在桌上刻出薄薄的嘴唇，再把自己的嘴唇贴在上面。后来，我试着在刻出的嘴唇上涂抹红墨水，却诡异地变成了紫黑色，令人毛骨悚然，所以我用小刀把它削光了。

上了三年级，春天的一个早上，我倚靠在上学途中的一座漆成朱红色的桥的滚圆栏杆上，发了好半天呆。桥下缓缓流淌着似隅田川般宽阔的河水。那样发呆的经历，前所未有。我总觉得身后有人在看我，所以时刻都在装出某种态度。对于每个细小的动作，我还从旁加以解说。比如，他困惑地望着手掌，他边挖耳朵边嘟囔，等等。因此对我来说，“突然”“不知不觉”之类的动作是不可能存在的。自桥上的发呆中回过神来，我为寂寞而心潮澎湃。在那样的心态下，我也曾再次考虑自己的过去和将来。一边嗒嗒嗒地过桥，一边记起种种事情，又开始幻想。最后，我叹了口气，心想：我能变得了不起吗？从那天起，我开始焦虑不安。我对一切都不满足，所以总在空虚地挣扎。我脸上贴着十张二十张面具，看不清哪个有多悲伤。终于，我找到一个冷清的排遣渠道，便是创作。这里有很多同类，似乎都和我一样，凝视着这莫名的惴栗。

当作家吧，当作家吧。——我暗中如此希望。

弟弟那年也上中学了，跟我睡一个房间，我和他商量，初夏时召集了五六个朋友办同人杂志。我住的房子斜对面有一家大印刷厂，于是便委托给那里了。封面也采用石版印刷，十分精美。我把杂志分发给班里的同学。我每个月都在杂志上发表一篇作品，起初写的是富有哲理的有关道德的小说，也颇自得地写过仅有一两行的零碎的随笔。这本杂志维持了一年左右，我还为此跟大哥发生了龃龉。

大哥得知我似乎对文学十分狂热，很是担心，就从家乡寄来一封长信。他在信中以耿直的口吻写道："化学有方程式，几何有定理，均提供了开启大门的完整钥匙，文学则不然。未达到符合条件的年龄和环境，是不可能正确把握文学的。"我也作如是想，并且相信自己符合条件。我当即便给大哥回信，在信中到处掺入夸张的感情，告知对方："兄长所言极是，有如此优秀的哥哥是做弟弟的福分，但我不会因文学而懈怠学习，反而会为此加倍努力。"

大哥是出于"你无论如何必须出人头地"这种带有胁迫意味的想法，但其实我一直都在学习。上了三年级以后，我的成绩一直排全班第一。要当第一很难不被人说成是分数迷，可我非但没受到那样的嘲讽，反而学会了如何收服同学。连绰号叫章鱼的柔道主将都顺从于我。教室一角有个装废纸的大罐子，我偶尔指着它说，章鱼不该进罐子吗？他便把头伸进罐子里笑。笑声在罐中回响，听起来有些异样。班里的美少年们也大多喜欢追随我。我将剪成三角形、六角形、花朵形的橡皮膏一一贴在脸部的青春痘上，看起来乱七八糟，却没人觉得可笑。

这些青春痘搅得我心烦意乱。当时越长越多，每天早上醒来，我就用手掌抚触全脸确认情况。买来各种药膏涂抹，均告无效。去药店买药时，不得不把药名写在纸片上，再问“有这种药吗”，装作是别人托我买药一样。我觉得那些青春痘是情欲的象征，羞臊得不行，甚至想过干脆死掉算了。关于我的脸，家人的恶评也达到顶峰。据说，已出嫁的大姐甚至表示，没人会嫁给阿治。我越发拼命地抹药。

弟弟也担心我的青春痘，多次替我去买药。我和弟弟从小关系就不好，他考中学时，我甚至希望他落榜，但我俩离开故乡后，我也渐渐晓得了他的好脾气。随着年龄增长，弟弟变得沉默内向。他也不时在我们的同人杂志上发表小品文，但都是显得怯生生的文章。与我相比，弟弟的学习成绩不好，他一直为此苦恼，我安慰他，他反而不高兴。还有，弟弟额上的发际呈富士山一样的三角形，他觉得像女人而感到窝火。他坚信，自己这么笨是因为额头生得太窄。我只对这个弟弟百般包容。我那时与人相处，不是完全遮掩，就是统统暴露，和弟弟则无话不谈。

初秋的一个月黑天，我俩来到港口的栈桥，迎着穿越海峡吹来的飒飒好风，聊起红线。那是有一次语文老师上课时讲给学生听的，说我们的右脚小趾上系着一根无形的红线，延伸得很长很长，另一端必定系在某个女孩的同一个脚趾上，两人无论相隔多远，那根线也不会断，无论怎么靠近，即使当街相遇，线也不会乱成一团，于是我们注定要娶那个女孩。我第一次听到这个故事时非常兴奋，一回家就立刻讲给弟弟听。当晚，我俩倾听着海浪声和海鸥的叫声，就此话题聊天。

我问弟弟："你的妻子这会儿在干什么？"

弟弟用双手将栈桥的栏杆晃动了两三下，然后羞涩地说："她正在院中散步。"

想象那位少女脚踩宽大的庭院木屐，手持团扇，眺望着月见草，就觉得她和弟弟十分般配。轮到说我的女人了，可我依旧盯着漆黑的大海，只说了句她系着红腰带，就闭口不语。穿过海峡而来的渡轮摇晃着浮出水平线，船上的众多房间像大客栈一样亮着黄色的灯光。

唯独此事对弟弟也有所隐瞒：那年暑假我回到故乡，一个身穿浴衣、腰系红带、身材娇小的新来的侍女，动作粗暴地脱掉了我的西服。她说她叫美代。

我习惯临睡前偷偷吸一支烟，考虑小说开头什么的该怎样写，却不知何时被美代知道了，有一晚为我铺好床后，她就在枕边端正地摆了一个烟盘。第二天早上，我吩咐来打扫房间的美代说，我是背地里抽烟的，不能放烟盘。美代说了声"是"，似乎不高兴了。仍是那个假期，当浪花调表演队来镇上演出时，我家让所有用人都去戏棚听戏。家人叫我和弟弟也去，但我俩不屑于看乡下演出，便故意去田间捉萤火虫。一直走到邻村的森林附近，由于夜露太重，草草捉了二十来只关在笼里就回家了。去听浪花调的人们也陆续返回。我让美代铺好床，挂好蚊帐后，和弟弟关掉电灯，把萤火虫放进蚊帐。萤火虫在蚊帐里飞来飞去。好半晌，美代也伫立在蚊帐外看萤火虫。我和弟弟并排躺在床上，比起萤火虫的蓝光，我更在意美代苍白的身影。“浪花调有意思吗？”我的问话听起来硬邦邦的。在那之前，我没事绝不会跟女佣搭话。

美代以平静的口吻说：“没意思。”

我不禁莞尔。弟弟用团扇驱赶着吸附在蚊帐下摆的一只萤火虫，默不作声。我有点难为情。

从那时，我开始关注美代。一说到红线，美代的身影就会浮上心头。

第三章

上四年级以后，有两个学生每天都来我的房间玩。我用葡萄酒和墨鱼干招待，还把很多胡编乱造的事讲给他们听。比如，最近新出版了一本关于如何烧炭的书；我把某新晋作家写的一本名叫《野兽的机械》的书事先涂上黏糊糊的机油，然后说发售时就是这样的装帧，可真少见；有一本名叫《漂亮的朋友》的译书被开了天窗，到处都是空白，我便私下委托一家认识的印刷厂，把我胡乱写的糟糕文章印在空白处，再拿给二人看，说是奇书。我就是如此胡说八道哗众取宠的。

关于美代的回忆也渐淡去，而且不知为何，我对同住一个屋檐下的两人互相思念这种事感到内疚，还有我平日里尽说女人的坏话，言行相悖未免有失颜面，甚至有时，心绪只是因美代而稍乱，便免不了恼火。所以对弟弟自不待言，对这些朋友，我也独独隐瞒了美代的事。

不过，我读了某位俄国作家的著名长篇小说后，又改了主意。那本小说写的是一名女囚犯的经历，她踏入歧途的第一步，就是被主人的外甥——一个贵族大学生引诱失足了。我将那本小说更大的妙处遗忘，把我的枯叶书签夹在两人于怒放的丁香花下初吻的那一页。我读优秀的小说时也无法置身事外。我不禁觉得，那两人同我和美代的境况很像。我想，自己现在若能以更厚些的脸皮面对一切，就能变得和这个贵族一样。这么一想，我就为自己的怯懦感到可怜。我以为，是这样狭隘的心思造成我的既往过于平坦，仿佛我想把自己塑造成一个拥有光辉人生的受难者。

我先向弟弟吐露了这件事。是晚上就寝后说的。我本想以严肃的态度去讲，但刻意做出的姿势反而碍事，落得个轻浮随便。我又是搔首又是搓手，讲述时毫无气派可言。我为自己非那样做不可的习性感到悲哀。

弟弟飞快地舔着薄薄的下嘴唇，也不翻身，听完有些难以启齿似的问道："你们会结婚吗？"

我没来由地吓得心扑通一跳，故意垂头丧气地回答："不知道能不能成。"

弟弟以出乎意料的成熟口吻拐弯抹角地表示："恐怕不行吧。"

我听后认清了自己的真实态度，不禁心头火起，大声咆哮，从被窝里探出上半身，压低声音一口咬定："所以要争取，要争取。"

弟弟在印染的被子底下把身体扭来扭去，似乎有话想说，但他偷瞄了我一眼，轻轻微笑起来。我也笑了。然后，我一边说我要开始新的生活，一边朝他伸出手。弟弟也害羞地从被窝里伸出右手。我低声笑着，握住他无力的手指摇晃了两三下。

不过幸好，让朋友们认可我的决心时，没这么费心思。朋友们一边听我说，一边做出为我绞尽脑汁想主意的样子，可我知道，那只是为了等我讲完表示同意时锦上添花而已。事实上正是如此。

四年级的暑假，我带上这两个朋友回到故乡。表面上，是我们三人一起学习备考高中；实际上，则是我也想让朋友见见美代，才把他们硬拽来的。我祈望家人不要贬低我的朋友。我哥哥们的朋友都是地方上名门望族的青年，不会像我的朋友一样穿只有两粒铜纽扣的上衣。

后院的空宅地上，当时盖了一个大鸡舍，我们只在上午去鸡舍旁的看守棚里学习。看守棚的外侧涂着白漆和绿漆，里面是两坪大的铺地板的房间，整齐摆放着刷了清漆的尚新的桌椅。东面和北面各有一扇大门，南面也有一个西式窗户，门窗全部敞开时，就会有风不断涌入，吹得书页哗啦作响。周围依旧杂草丛生，数十只黄色雏鸡在草丛中嬉戏，时隐时现。

我们三人尤其期待午饭时间的到来。问题在于，事先并不知是哪个女佣来叫我们去吃饭。倘若来的不是美代，我们就啪啪地拍桌子，咂嘴，大吵大闹。美代一来，大家就很安静。待她一离开，我们就齐声大笑。一个大晴天，弟弟也和我们一起在学习，到了中午，大家像往常一样聊起今天来的会是谁。只有弟弟未参与讨论，他一边在窗前溜达，一边背英语单词。我们开着各种玩笑，拿书互相扔，用力跺地板，可是闹着闹着，我就有点闹过火了。我想把弟弟也拉进来，便轻咬嘴唇瞪着弟弟说："你从刚才就一直不说话，那么接下来……"

弟弟短促地叫了声不，右手用力一挥，拿在手中的单词卡片一下子甩飞了两三张。我吓得移开视线，瞬间做出尴尬的决定。我想，美代的事就到今天为止吧。然后，我马上若无其事地捧腹大笑。

幸运的是，那天来叫我们去吃饭的不是美代。在通往正房的豆田间的狭窄小道上，大家排成一列鱼贯而行，我走在最后，一边欢快地闹腾着，一边摘下好多片圆圆的豆叶。

从一开始就没考虑牺牲什么的，只是心里不舒服，犹如洁白的丁香花丛溅上了泥巴。尤为讨厌的是，恶作剧者是我的骨肉至亲。

其后两三天，我百般思虑。美代也会在院中散步不是吗？弟弟对于跟我握手，几乎每次都显得很为难。总之，我难道不是值得庆幸的吗？对我来说，没有比值得庆幸更可耻的。

当时，坏事接连发生。一天午饭时，我和弟弟及朋友们一起坐在饭桌前，美代从旁伺候，用画着红色猴脸的团扇为我们扇风。我根据团扇的风量，暗暗揣度美代的心思。美代给弟弟扇的风比给我的多。我绝望地把叉子当啷一声丢在放炸肉排的盘子里。

我认准了大家都欺负我，胡乱猜疑朋友们肯定早就知道。我暗自决定：算了，我会忘记美代。

又过了两三日，一天早上，我把装着前一晚抽剩下的五六支烟的烟盒落在枕边就出门去看守棚了，后来才发现，慌忙回去一看，房间已被收拾得干干净净，烟盒不见了。我心灰若死。我喊来美代，以斥责般的口吻问她："烟哪儿去了？是你拿走了吧？"美代一本正经地摇了摇头。然后，她立刻踮脚把手伸到屋梁上头，取下一个绿色的小纸盒，上面画着两只飞舞的金色蝙蝠。

这件事令我找回百倍的勇气，从前的决心再次复苏。可是，一想到弟弟，依然郁闷不已。我避免和朋友们因美代而吵闹；另外对于弟弟，无论什么事都客气地拒绝。我也控制自己不去主动引诱美代，决定等对方开诚布公。我给了美代无数次那样的机会。我屡屡把美代叫到我的房间里，吩咐她做一些毫无必要的事。当美代进屋时，我表现出一种不无破绽的轻松姿态。为了打动美代的心，我连脸都照护到了。那时候我脸上的痘痘总算好了，可是出于惯性，我仍在脸上做种种化妆。我有个漂亮的银粉盒，盒盖上雕满了爬山虎一样蜿蜒的蔓草。我有时用它修饰肌肤，美代来时更加用心。

我想，接下来就看美代的决心如何。可是，机会迟迟不至。在看守棚里学习时，我也常溜出来，回正房看美代。我悄悄地望着一举一动堪称粗暴的美代乒乒乓乓地打扫房间的身影，双唇紧咬。

没过几天，暑假终于结束，我必须和弟弟、朋友们一起离开故乡了。我希望能在美代心里留下哪怕一点点回忆，让她在下个假期到来之前别忘记我，然而那也成了奢望。

出发的日子到了，我们坐进家里的黑色厢式马车。美代也和家人们并排站在大门口，来为我们送行。美代没看我也没看弟弟，只是低着头，两手像数念珠一样捻着解下的黄绿色袖带[①]。直到马车终于开动，她也没抬头。我怀着深深的遗憾离开了故乡。

到了秋天，我带上弟弟去离小城约半小时火车车程的海滨温泉。当时，母亲和大病初愈的四姐正在那里租房疗养。我一直住在那里，继续学习备考高中。高才生的名誉令我骑虎难

---

① 日本人在劳动时将和服长袖绑住拉高以免碍事的带子。

下，无论如何，我必须从中学四年级考入高中给大家看。其实，我越发讨厌上学，但迫于某种压力，仍在一心一意地用功学习。我从那里坐火车上学。每逢星期天，朋友们就过来玩。我们似乎已经忘记美代。我和朋友们必去郊游，在海岸边的平坦岩石上做肉火锅，喝葡萄酒。弟弟嗓子好，又知道许多新歌，我们就让弟弟教我们，并齐声歌唱。玩累了就在岩石上睡，醒来才发现，由于涨潮，原本连着陆地的那块岩石不知何时已成孤岛，令我们以为自己犹在梦中。

我跟这些朋友一天不见都觉寂寞。当时曾发生这样一件事：某日秋风肆虐，我在学校被老师狠狠地扇了几个耳光。我是因偶然打抱不平才遭到那般处罚的，所以我的朋友们很生气。那天放学后，所有四年级学生齐聚博物教室，商议如何驱逐那名老师，还有学生高喊："罢课！罢课！"我慌了，挨个恳求同学，别为我一人罢课，我不恨那个老师，事情很简单，没什么大不了的。朋友们说我胆小怕事，自私任性。我喘不过气来，离开了那间教室。回到温泉浴场，我立刻泡进热水池中。被秋风敲打得支离破碎的两三枚芭蕉叶，从庭院一隅向温泉池中投下青影。我坐在池边，死气沉沉地陷入凝思。

当可耻的回忆袭来时，我习惯一个人自言自语说"那么"，我想象着自己嘴里嘀咕"很简单，很简单"却到处徘徊的样子，用手将温泉水掬起又洒落，掬起又洒落，无数次重复"那么……那么”。

次日，那个老师向我们道了歉，终究未至于罢课，我和朋友们也重归于好，但这场灾难令我黯然。我频频想起美代，终于感到，倘若不去见美代，自己怕是会就此堕落。

恰好母亲和姐姐要停止温泉疗养回家，出发那天偏巧又是星期六，于是我得以借送她们的名义返回故乡。我是瞒着朋友们偷偷离开的，对弟弟也没透露返乡的真正原因。我想即使不说他也明白。

我们仨离开温泉浴场，先到一直关照我们的布匹店落一下脚，然后启程返乡。列车离开站台时，来送行的弟弟从车窗外露出苍白的富士山额头，说了一句：“加油。”我一不留神坦然受之，愉快地点头连说：“好，好。”

马车过了邻村，渐渐驶近我家，我一颗心完全静不下来。日暮来临，天空和群山变得一片漆黑。稻田在秋风的吹拂下沙沙作响，听得我心惊肉跳。我不停地把目光投向窗外的黑暗，骤见路边的芒草丛白花花地浮现在眼前，吓得直往后仰。

门口昏暗的檐灯下，家人们正挤作一团迎接。马车停下时，美代也匆匆跑出大门。她怕冷似的把肩膀缩成一团。

那晚，我在二楼的一间屋里躺下后，思考了一件非常寂寞的事：我为“凡俗”这一观念深受其苦。自从美代的事情发生后，我岂不也终于成了傻瓜？想女人什么的，是个人就会。但我不同，尽管一言难尽，但就是不一样。我这个人，在任何意义上都不下流。可是想女人的人，不都是这么认为的吗？“可是，”我被自己抽的烟呛着了，同时还在嘴硬，“我这人是有思想的！”

那晚，想到要娶美代势必会与家人发生争论，我豪气顿生。我坚信，我的一切行为均不凡俗，我在这世上必定仍占有一席之地。尽管如此，还是十分寂寞。我不知寂寞从何而来。怎么也睡不着，所以做了“按摩”，当时将美代完全摒除在脑海之外，因为我不想玷污她。

早晨一睁眼，就见秋日的天空高远澄澈。我迅速爬起身，去对面的地里摘葡萄。我叫美代拿一个大竹篮跟我去。我是尽量装出无所谓的态度吩咐她的，所以没引起任何人的怀疑。葡萄架位于田地东南角，面积足有十坪。每到葡萄成熟时，四周就用苇帘围得严严实实。我们打开苇帘一角的小门，钻了进去。里面暖烘烘的，有两三只黄色长脚蜂嗡嗡飞舞。朝晖透过架顶的葡萄叶和周围的苇帘，将里面照得通明，美代的身影看起来也成了浅绿色。来这里的路上，我制订了种种计划，像个恶徒似的咧嘴微笑，可是一变成二人独处，就因过度窘迫而完全笑不出了。连那小木板门，我都故意让它一直敞开着。

我个子高，不用踩凳子，直接用园艺剪咔嚓咔嚓地剪下一串串葡萄，递给美代。美代麻利地用白围裙将葡萄上的朝露擦净，放进脚下的篮子。我们一句话也没说。时间似乎变得格外漫长。我渐渐变得毛躁起来。当葡萄终于快要装满篮子时，美代本已伸过一只手来接我递去的一串葡萄，却突然缩了回去。我把葡萄硬推向美代，咂嘴喊了声："喂！"

美代用左手紧紧握住右手手腕。

"被扎伤了吗？"我问。"嗯。"美代嫌阳光刺眼似的眯眼答道。

"笨蛋。"我责备道。

美代默然微笑。我再也待不下去了。

"我给你上药。"说完，我就从苇帘里冲了出去。我立刻带美代回到正房，从账房的药架上找出一个氨水瓶。我极尽粗暴地把那个紫色玻璃瓶塞给美代，并没打算帮她上药。

那天下午，我坐上镇子最近新开通的简陋的灰篷公共汽车，一路颠簸地离开了故乡。家人们叫我坐马车走，但我家那辆带有家徽、乌黑发亮的厢式马车，坐进去跟个老爷似的，我不喜欢。我把自己和美代共同摘的一篮葡萄放在大腿上，意味深长地眺望着铺满落叶的田间小路。我满足了。我想，为了给美代留下那样的回忆，我已尽我所能。我放心了，以为美代已经归我所有。

那年寒假，是我作为中学生的最后一个假期。随着返乡之日临近，我和弟弟互相都感到了几分尴尬。

终于一起回到故乡的家，我们先在厨房的石炉旁盘腿对面而坐，然后将屋里四下打量一番。不见美代的身影。我俩接二连三地交换不安的目光。那天吃完晚饭后，我俩被二哥叫去他的房间，三人把腿伸进被炉里玩起了扑克牌。在我看来，每张扑克牌都是一团黑。我借着一个话头，果断地问二哥："女佣怎么好像少了一个？"我一边用不经意似的语气说着，一边举起手里的五六张扑克牌挡住脸。幸好弟弟也在场，不怕二哥追究，我已打定主意要把话说清楚。

二哥一直歪着脑袋，对于该出哪张牌犹豫不决，嘴里嘟囔道："你是说美代？她跟奶奶吵了一架就回老家了。那丫头太犟了。"说着，终于丢出一张牌。我也扔出一张牌。弟弟也默默地丢出一张。

过了四五天，我去造访鸡舍的看守棚，从喜欢小说的青年看守人那里了解到更详细的始末。原来，美代曾被一个男仆糟蹋过一次，此事却被其他女佣得知，她在我家就待不下去了。那男仆还做过别的各种坏事，所以当时便被我家赶了出去。不过，青年嘴上没了把门，连那男仆炫耀的话也没忘补充，说美代事后还小声央求："不要，不要。"

正月一过，寒假也将结束时，我和弟弟钻进书库玩，翻看各种藏书和挂轴。透过高高的天窗，可见外面雪花纷飞。自父亲那一代传到长兄这一代，家里从各个房间的装饰到这些藏书挂轴之类，都在逐渐改变。我每次返乡，就兴致勃勃地找这些东西看。我展开一幅似是大哥最近新觅来的挂轴，是棣棠花瓣散落在水中的画儿。弟弟把一个装相片的大箱子搬来我身旁，他一边不时朝冰冷的指尖哈气，一边专心致志地翻看足有数百张的相片。

过了一会儿，弟弟向我递来一张台纸尚新的四寸相片。我一看，好像是美代最近陪我母亲去叔母家时三人的合影。母亲独自坐在低矮的沙发上，身高相仿的叔母和美代并肩站在母亲身后。背景是蔷薇盛开的花园。我和弟弟头越挨越近，凝视着那张相片看了半晌。我心里早已跟弟弟和解，至于美代的那件事，还拿不定主意要不要告诉他，所以竟能故作镇定地看那张相片。美代好像动了，从脸到胸的轮廓变得模糊。叔母双手搭在腰带上，显得光彩夺目。我觉得她俩很像。

叶

蒙神眷顾，我受宠若惊。

——魏尔伦

本想去死来着。今年正月，别人家的长辈送了件和服给我，作为新年礼物。料子是麻的，上面织缀着鼠灰色细纹。大概是夏衣。我想那就活到夏天算了。

娜拉[①]也重新考虑过。她来到走廊砰的一声关上后门时决定：不如回去吧。

我没做坏事就回家，妻子笑脸相迎。

① 易卜生《玩偶之家》的主人公。

每天只是麻木地混日子。在寄宿舍里独饮独醉然后悄悄铺被睡觉的夜晚尤其难熬。连梦也没做，疲惫不堪。干什么都没精打采。还曾买来一本名叫《旱厕应该如何改善？》的书认真研究。当时，他很是受不了以往的粪便处理方式。

在新宿的人行道上，他看见一个拳头大的石块正在缓慢爬行。石头在爬行呢——这是他当时唯一的念头。但他马上就明白了，那石块是被走在前头的脏兮兮的小孩系上绳子拖行的。

不是被小孩蒙骗感到落寞，而是连天塌地坼也能坦然接受的他自暴自弃才落寞。

倘如此，就得一辈子跟忧郁抗争，最终战死。每念及此，他便不免自怜。青青的稻田一下子变得朦胧。是泪水模糊了双眼。他开始惊惶。为如此廉价的殉情而落泪，颇有点羞耻。

走下电车时，兄长笑了，说："别垂头丧气的。喂，打起精神来。"然后用扇子啪地拍了一下阿龙瘦小的肩膀。在暮色中，那把扇子森白得可怕。阿龙高兴得脸都红了。被兄长拍肩膀可真难得。他总是幻想两人至少能像这样融洽相处就好了。

造访的人不在。

兄长这般说道："小说在我并非无聊，只是有些拖沓。只因想说一行实话，就用百页营造氛围。"我像难以启齿似的，边苦思边回答:“确实是语句越短越好——如果仅此就能使人信服的话。”

兄长还很嫌恶自杀，认为“那是自命不凡之举”。而我，当时正把自杀视为处世之术一样的如意算盘，所以对兄长的这句话感到意外。

给我坦白交代。说！跟谁学的?

水到渠成。

他在十九岁那年冬天，写了一篇名为《哀蚊》的短篇小说。那是个好作品，同时也成为解开他一生混沌的钥匙。形式上公认受到了《雏》[1]的影响，但核心是他的。原文如下：

我见过奇怪的幽灵。那是我上小学不久发生的事，反正肯定已像幻灯一样模糊不清。不，然而令我诧异的是，那仿佛映在青纱帐上的幻灯般的模糊记忆，竟似一年年愈加清晰起来。

大约是姐姐招婿，啊，正好是那一晚。是婚礼当晚发生的事。还记得有许多艺伎来到我家，一名漂亮的清倌儿为我缝

① 芥川龙之介的短篇小说。太宰治曾是狂热的芥川迷。

补了开线的礼服，父亲在厢房的黑暗走廊里和高挑的艺伎们摔跤。翌年父亲便过世了，如今正待在我家客厅墙上的大照片里，一看到这张照片，就想起那晚的摔跤。我父亲绝不会做出欺凌弱者之类的事，所以那摔跤也定是艺伎们做了什么不该做的过分之举，父亲才施以惩罚。

种种联想起来，那确是婚礼当晚发生的事。实在抱歉，所有的一切，简直像青纱帐上的幻灯，和那情形一样，很难说得让您满意。显然是梦境之谈？不，那晚给我讲哀蚊故事时的阿婆的瞳子，还有幽灵，仅此两样，无论谁说什么，都千真万确不是梦。真的是梦？真的是蠢话才对。这岂不已经历历在目了吗？阿婆的瞳子，还有……

是的。像我阿婆那么美的老人可不多见。去年夏天阿婆过世了，要说她的遗容，可谓美得惊人。白蜡般的两颊上，尽映出那年夏天的繁茂树影。她是如此美丽，却无姻缘，活了一辈子也不曾染黑牙齿[①]。

“以我千秋皓齿为饵，才换来这百万家当。”

她生前常以娴熟的富本调[②]如此涩声说，想必其中总归是存在有趣的缘由吧。至于是何等缘由，请停止不知趣的探究，不然阿婆会哭的。之所以这样说，是因为我的阿婆那么妩媚动

① 明治时代以前的日本及中国西南部、东南亚的已婚女性的化妆习俗。

② 净琉璃流派之一，是一种三弦音乐。

人，终其一生从未脱离绣有家徽的绉绸短外褂。叫来师傅去屋里练习富本调，大概也始于很早以前。连我这样的人，自懂事后，也总是一天到晚沉浸在吟唱《老松》《浅间》等曲目的阿婆那呜咽般的哀调之中，世人赞其为隐居艺伎，据说阿婆本人听闻后，也露出了美丽的笑容。不知为何，我从小就非常喜欢阿婆，一离开乳母，就立刻扑进阿婆怀里。不过，我母亲由于体弱多病，少有余力顾及孩子。我的父母皆非阿婆亲生，故而阿婆不大来母亲这边玩，她总是整日待在厢房，而我老是黏着阿婆，三四天不见母亲也很平常。因此，阿婆疼爱我远多过疼爱姐姐她们，每晚都读小人书给我听。其中，听了那个卖菜女阿七①的故事时的感动，至今仍回味无穷。还有，阿婆戏谑地喊我“吉三、吉三”②时，也令我无比欢喜。在煤油灯的黄光下孤零零地读小人书的阿婆的美丽身姿以及当时的情形，我都记得一清二楚。

尤其是那晚在枕边讲的哀蚊的故事，不可思议地令我难以忘怀。说起来，那无疑是个秋天。

“直到秋天还活着的蚊子叫哀蚊。蚊香不烧了，是出于怜悯啊。”

啊，字字句句我都分毫不差地记得。阿婆躺在那里，以忧

---

① 江户时代前期江户本乡某菜铺的少女，因一心想见恋人而纵火，后被处以火刑。

② 据说阿七的情郎就叫吉三。

郁的口吻那样说着。对了对了，阿婆抱着我睡觉时，总把我的双脚夹在她腿间焐着。一个寒冷的夜晚，阿婆剥光我的睡衣，她自己也将熠熠生辉的美丽肌肤袒露无遗，抱我睡觉为我暖身。阿婆就是那么在乎我。

“唉，哀蚊不就是我嘛。短命无常……”

还能隐约想起，阿婆边说边凝视我的脸，最美莫过于那双瞳子。正房里婚礼的喧闹，似也已悄然沉寂，大约已是午夜时分了吧。每当秋风簌簌抚摩门板，屋檐下的风铃便微弱作响。是的，就是那晚看见了幽灵。我突然醒来，说要撒尿，阿婆却未应声，我便睡眼惺忪地四下张望，发现阿婆不在。虽然心中不安，还是独自悄悄钻出被窝，顺着乌黑油亮的榉木房屋的长廊，战战兢兢地摸向厕所，只是脚掌冷得厉害，不过着实太困，感觉犹如在浓雾中缓缓游动。就在那时，我看见了幽灵。苍白的它，孤零零地蹲在长长走廊的角落里，遥遥望去，像胶片一样微小，但它的的确确在窥视姐姐和姐夫今晚的洞房。幽灵，不，不是梦。

艺术之美，归根结底是服务于市民的美。

有个木匠为花痴狂。耽误事。

然后，真知子垂眸呢喃道："你知道那种花的名字吗？用手指一碰就会啪地裂开，迸出肮脏的汁液，瞬间腐蚀手指的那种花，连名字都不知道呢。"

我冷笑，将双手插进裤袋后答道："你知道这种树的名字吗？叶子直到凋落仍是绿的，只是背面枯得厉害，被虫啃咬，但叶子把那面偷偷藏起，假装直到凋落仍是绿的。连那种树的名字都不知道呢。"

"死？你会死吗？"

小早川以为，也许真的会死。大概是去年秋天，青井家似乎闹起了租佃争议，各种纠纷落在青井一人身上，当时他甚至企图吞药自杀，一直昏睡了三天之久。而且就在前几日，他想：我之所以如此放荡不羁，也是因为身体还禁得起放荡吧。只有变成一个像是被阉割了的男人，我才能避开一切感官上的快乐，专心致力于资助斗争运动。据说，他竟然接连三天跑去P市医院，从传染病房外的泥沟里掬水喝，不过仅以轻微腹泻宣告失败。后来听青井红着脸说起此事，小早川对这种知识分子气十足的游戏感到无比不悦，但是，钻牛角尖竟至如此地步的青井的心深深地打动了他，也是事实。

"死了最好。不，不只是我，至少对社会进步起消极作用的家伙们统统死掉才好。还是说，你有什么科学的理由，证明无论消极分子还是哪种人都不能死？”

“胡、胡说什么！”

在小早川听来，青井的话突然变得荒唐至极。

“不许笑。你想想，不正是那样吗？必须为祭奠祖先而活，或是必须完成人类的文化——迄今为止，他们只教给我们这种冠冕堂皇的合乎伦理的义务，没给任何科学的解释。既然如此，我们这些消极人士统统死掉才好。一死万事空。”

“笨蛋！胡说什么呢。我看你呀，根本就是太自以为是了。倒也难怪，毕竟你我都是从未参与生产的人。即便如此，我也决不想过消极的生活。哪怕只有一成贡献，那一成也是宝贵的。仅为那一成，我们也必须努力活下去。而那，便是十分积极的生活。死什么的太愚蠢了。死什么的太愚蠢了！”

有生以来第一次得到算数教科书。是袖珍本，漆黑的封皮。啊，其中罗列的数字映入眼帘是何等美妙。少年翻弄了片刻，很快便发现末页注明了所有习题的答案。少年蹙眉嘟囔道：“真瞧不起人。”

外面雨雪交加，墙上的肖像不知在笑什么。

叔母说：“你长得不好看，所以要殷勤一些。你身子骨弱，所以得好好用心。你擅长说谎，所以须注重行动。”

明明知道却强迫人家自白。多么阴险的刑罚啊。

满月之夜。在忽明忽暗、起伏不定、汹涌翻腾的浪涛里，出于极端痛苦之下的迫不得已，我故意甩开了曾约定永不分离而互牵的手，女人立时被海浪吞没，高声喊出了一个名字。不是我的名字。

我是山贼。我觉得骄傲。

“未必有那种事，即便如此，听好了，给我立铜像时，要让右脚前探半步，昂首挺胸，左手插进坎肩，右手攥烂废稿，然后别装头部。不不，没有任何意义，我只是讨厌鼻尖上沾满雀屎之类的事。然后，基石上为我这样刻字：这里有个男人。生来，死去。一生用于撕毁废稿。”

书上写着：靡菲斯特·费勒斯被如同雪花般飘落不止的玫瑰花瓣烧毁胸膛、脸颊、手掌而死。

在拘留所里过了五六日，一天正午，我踮着脚从小铁窗向外张望，只见整个院子沐浴着小阳春的日光，窗畔的三棵梨树均已渐次绽放花朵，树下有二三十名巡警正在受训。按照年轻的巡警部长的号令，所有人一齐从腰间抽出法绳，吹响哨子。我望着那场景，琢磨起每个巡警的家庭来。

我们在山里的温泉浴场举办了毫无头绪的婚礼。母亲始终窃笑不已。她辩称，是因为旅馆女佣的发型很古怪才笑的。一定很开心吧。没文化的母亲将我们叫到炉边教训："你没常性，所以大概是失去了自信吧。"说完瞅一眼更没文化的新媳妇，寻求赞同，"你说，是吧？"母亲的话分明很中肯。

教育妻子，花费了整整三年时光。自教育完成之日起，他开始想死。

病妻卧床兮，天外云滞如在畔，地上鬼芒[①]伴。

红彤彤的烟啊，如蛇身般缓缓升上天空，膨胀，徐徐流淌，继而似大浪翻腾，漩涡急转，霎时火舌猛吐，大地震响，开始沿山坡攀升。山啊，直到顶端，像万盏灯笼齐燃般明亮。

① 日本人对五节芒的别称。

载人的黑马啊，穿梭在成千上万棵熊熊燃烧的冬树之间，奔驰如风。

仅有一句话告知于我！“Nevermore.”

碧空晴日里，不知从何处来的猫，会趴在庭院里的山茶花下打盹。正在画西洋画的友人问我，是不是波斯猫。我只回答，许是弃猫。那猫和谁都不亲近。一天，我正烤着早餐的沙丁鱼，院子里的猫悲泣起来。我也来到走廊，叫了声“喵”。猫站起身，静静地向我走来。我扔给它一条沙丁鱼。猫一边摆出准备逃跑的姿势，一边吃鱼。我心潮澎湃。我的爱被接受了。我想抚摸猫的白毛，便下到院子里。刚碰到脊背的毛，猫竟一口咬裂了我的小指肚，伤处深可见骨。

想当演员。

以前的日本桥，长达二十二丈六尺五寸[①]，而现在仅有十六丈二尺。只能认为是河道变得那么窄了。由此可见，过去无论是河还是人，都比现在大得多。

---

① 按日本旧制尺贯法，1丈等于10尺，1尺等于10寸。

这座桥始建于很久以前的庆长七年[①]，其后历经十余次改造，现今的桥落成于明治四十四年[②]。大正十二年[③]地震时，装饰在桥栏上的一只青铜龙的翅翼被烈焰包围，烧得通红。

在我幼时爱玩的木版东海道五十三次道中双六[④]中，这里就是起点，画着几个人各自手持长枪在桥上悠闲步行。本是如此繁华之地，如今却已格外冷清。自从鱼市迁至筑地，名声更加没落，现已被绝大部分东京名胜明信片除名了。

今年十二月下旬，一个浓雾弥漫的夜晚，在这座桥畔，一名异国女孩远离大群乞丐独自伫立。曾在这里卖花的就是她。

从大约三天前起，每到黄昏，女孩就带着一束鲜花乘电车来到这里，在戏玩东京市圆形徽章的青铜狮子下，默默站立三四个钟头。

日本人有种可憎的习性：一见到落魄的外国人，就断定是白俄人。此刻，看见这个手持花束站在浓雾中，同时还在留意遮掩手套上的破洞的小女孩，多数日本人肯定会以轻松的心态轻声嘀咕："啊，是俄国人。"而且，倘是读过契诃夫的青年，大概会稍微放缓脚步，陶然臆断：其父是已退役的陆军二等大

① 公元1602年。
② 公元1911年。
③ 公元1923年。
④ "东海道五十三次"指江户时代修治的五条干道之一东海道所设的五十三家驿站。"道中双六"是按骰子点数升进的双六游戏。

尉，其母是傲慢的贵族。若是初窥陀思妥耶夫斯基的学生，或许会大叫："哎呀，是涅莉！"然后慌忙将外套的领子立起来。但是，仅此而已，无意对女孩做更深入的探索。

然而，有一个人却会思考。为何选择日本桥？在这座行人稀少的昏暗的桥上卖花，分明是徒劳无功之举——为什么？

对于这样的疑问，可以给出简单而颇浪漫的解答：那源于她的父母对日本桥的幻想。无非是他们平静地判断，日本最繁华最好的桥定是日本桥。

女孩的生意十分惨淡。第一天，卖出了一枝。买主是个舞女，挑了一朵含苞待放的红花。

"会开花吧？"问话粗鲁。

女孩明确回答："会开。"

第二天，一位醉醺醺的年轻绅士买了一枝。这位买主虽然醉了，但还是一副高兴的样子。

"随便哪个都行。"

女孩从昨天卖剩下的花束中选出一朵白花。绅士像做贼似的，偷偷地接了过去。

生意只做成这两桩。第三天，即今天，她在冷雾中站了许久，却无人理睬。

桥对面的男乞丐，拄着拐杖，穿过电车道到了这边。他是来寻衅宣示地盘的。女孩连着三次鞠躬。乞丐咬弄着黑黑的胡须盘算。

“到今天为止。”低声说完，乞丐又被浓雾吞没。

没多久，女孩准备回家。她摇了摇花束。把花店处理的零枝散花收来卖，已经三天，花都快要枯萎了。似因不堪重负而耷拉下来的花，每经摇晃，花冠便一阵颤动。

女孩把花束夹在腋下，畏寒似的缩起肩膀，走进附近的中国面摊。

她一连三晚都在这里吃馄饨。摊主是中国人，把女孩当寻常客人对待。她为此很高兴。

摊主边包馄饨边问：“卖完了吗？”

女孩睁大眼睛回答：“没……我要回去了。”

这句话打动了摊主。她要回国了。定是如此。摊主将秃得蛮好看的头轻摇了两三下。他一边思念着自己的故乡，一边从锅里舀出馄饨。

“我点的不是这个。”女孩看着从摊主手中接过的盛馄饨的黄碗，困惑地咕哝道。

“没关系。这是叉烧馄饨，我请你吃。”摊主坚持说。

普通馄饨十分钱一碗，叉烧馄饨则要二十分。

女孩忸怩了片刻，便放下小碗，从腋下花束中抽出一枝蓓蕾硕大的花，递了过去。是送给摊主的。

她离开面摊，去电车站途中，开始后悔自己把快要枯萎的劣花亲手交给了三个人。突然，她在路边蹲了下来，在胸前画着十字，用莫名其妙的话语开始了激烈的祈祷。

最后喃喃说出两句日语：

“一定要开，一定要开。”

过着安乐的生活时，会作出绝望的诗。过着颓废的生活时，会接连书写生的喜悦。

春天将近?

反正是要死的。只想写一篇令人愉悦欲眠的出色的浪漫爱情故事。男人开始如此祈祷，是在他生涯中很可能最郁闷的时期。男人左思右想，终于向希腊女诗人萨福射出黄金之箭。噫嘻！美好才貌传颂至今的萨福，才是令这男人的迷乱内心悸动不已的唯一女性。

男人翻看一两本关于萨福的书，获知了以下事情——

然而萨福并非美人。她肤色黝黑，长着龅牙。她对一个叫作法翁的美青年迷恋得死去活来。法翁不懂诗。萨福相信这样一种迷信的说法：只要为爱奋不顾身，纵然不得好死，满腔执念也会化解一空。于是，她从卢卡迪亚海岬纵身跃入怒涛。

生活。

干个好活儿，
然后饮一杯茶，
在茶水的泡沫上，
映出数不清的，
我那漂亮的脸蛋。

天无绝人之路。

玩具

天无绝人之路。怀着这样的侥幸心理，我迎来一天又一天，再把它们原样送走。即便如此，也有无论如何都没路可走的时候。一旦到那时，我就像断了线的纸鸢，轻飘飘地被风吹回老家。我穿着便装，帽子也不戴，两手揣在怀中，静静地走进离东京一千五百多里的老家的大门，一把拉开双亲起居室的隔扇，伫立在门槛上。正借助放大镜低声朗读报纸政治版的父亲，和在一旁做针线活儿的母亲，便都脸上变色地站起身，有时母亲会发出裂帛般的痛苦尖叫。盯着我打量片刻，确认我脸上长着痤疮，脚也有，并非幽灵，父亲便化作愤怒的魔鬼，母亲则哭倒在地。当初，从离开东京的那一刻起，我就装作已经死了。不管遭父亲如何痛骂，受母亲如何哀诉，我只以谜之微笑回应。常言说如坐针毡，我却是如坐云雾，只有木然茫然。

今年夏天，我也做了同样的事。我谎称需要三百元，其实只需二百七十五元。我讨厌贫穷。只要活着，就想请客吃饭，衣装光鲜。我知道家里只有五十元现金，但我还知道，土仓最深处的角落里还有二三十个宝贝。我偷了那些宝贝。我已经偷过三次，今年夏天是第四次。

写到这里，我对前文抱有坚定的自负。而令我困扰的，是由此开始的我的姿态。

我在这篇题为“玩具”的小说中，是展示姿态的完美呢，还是体现情感的模范呢？不过，我必须尽最大可能避开抽象的叙述方式，不然可就没完没了了。一旦说出一个道理来，越写便越觉到不足，于是从后追赶前文，最终成了千万言的注释。如此一来，留下的就是头痛、发烧，以及“啊，说了蠢话”的自责，接着便是直欲掉进粪缸溺死的歇斯底里。

请相信我。

我现在就是想写这样的小说。有“我”这样一个男人，通过某种不值一提的方法，使自己三岁两岁一岁时的记忆复苏。我就是要叙述那男人的三岁两岁一岁的回忆，但这未必便是灵异小说。我只是对婴儿的费解多少有些兴趣，才展开稿纸，打算将之写成一篇小说。因此要说这篇小说的脏腑，便是某个男人的三岁两岁一岁的回忆。余事不写亦可。由“想起我三岁时……”这样的开头，慢悠悠地回忆往事，两岁、一岁，最后叙述自己出生时的回忆，然后从容搁笔，这样就行了。不过这里已经出现了问题，那就是该展示姿态的完美呢，还是要体现情感的模范？所谓姿态的完美，就是耍手段。一边欺哄、安抚对方——当然还要时不时地威吓，一边讲述，倘若认定“啊，时机刚好”，就撂下一句意味深长的话，突然间将自己的身影抹消不见。不，并非完全抹消，只是迅速躲进门后观察，不久即从门后露出天真无邪的笑脸，这时当是对方的身体处在符合己意的状态了吧。所谓手段，就是在譬如这种情况下采用的方法，是一个作家真挚精进的对象。我并不讨厌这样的手段，也试图在叙述这个婴儿的回忆时运用一种巧妙的手段。

在此，我有必要明确我的态度，因为我觉得我的谎言就要崩溃了。我一边极力卖弄，仿佛正在逐渐远离姿态的完美，一边小心再小心地运笔，以求故态复萌时亦可免于受伤。既然开头数行未曾删去而是得以保留，由此便应当立时察觉我的用意。况且将这数行文字用“抱有坚定的自负”等金色锁链与读者的心灵连接起来，也正是颇高明的手段吧。事实上，我本是打算回归于姿态的完美的。一开始曾对其稍作叙述的那样一个男人，为何想找回自己三岁两岁一岁时的记忆？为何能够找回记忆？还有，正是因为找回了记忆，男人又碰到了怎样的遭遇？所有这一切我都有准备。我打算将之附加在婴儿回忆的前后，从而创作出姿态的完美与情感的模范二者兼具的故事。

已经没必要警惕我了。

我是不想写的。

还是写吧——假如只写我婴儿时的回忆即可，假如每天只写五六行即可，就算只有你一个人十分仔细地读。好，我和你两个人恭恭敬敬地干一杯吧，以祝贺这项不知何时能完成的无价值的工作的启程。

我想起自己生来第一次站在地上时的情景。雨后的青空、黑土、梅花。那一定是后院。女人柔软的双手把我的身体抱到那里，然后轻轻地让我站在地上。我完全不在乎，走了两步，或是三步。突然间，我的视觉感知到地面向前的无限广度，两只脚掌的触觉感知到地面向下的无限深度，顿时全身僵硬，摔了个屁墩儿。我像身上着了火似的号啕大哭。无法忍受的饥饿感。

以上全是谎言。我只记得雨后的青空上挂着的一道朦胧的彩虹。

所谓事物的名字，若是合适的，不听也自然明白。我是通过我的皮肤听到的。茫然凝视一个物象，那物象的语言就会将我的肌肤撩拨得发痒。譬如，蓟。不好的名字就毫无反应。有的名字无论听多少遍也理解不了。比如，人。

两岁那年冬天，我曾一度精神错乱，感觉似有小豆粒那么大的烟花在两耳深处噼啪爆裂，使我不由得捂住耳朵。从那以后，我就失聪了，只偶尔能听到远处的流水声。眼泪流了出来，旋即眼珠阵阵刺痛，渐渐地，周围的颜色变了，眼前仿佛蒙着一层彩色玻璃，我无数次抓眼皮，想把玻璃抠下来。我在某人的怀里，望着地炉里的火焰。火焰转眼间变作漆黑，那奇异的景象如同海带林在海底摇曳。绿焰如丝带，黄焰似宫殿。然而，当最后看见牛奶般的纯白火焰时，我几乎浑然忘我。“哎呀，这孩子又尿了，每次撒尿都打冷战。”我记得有人曾这般嘀咕。我感觉痒痒的，胸膛挺了起来。那一定是感到了帝王的喜悦。“我是清楚的，谁也不知道。”并非轻蔑。

同样的事情发生了两次。我偶尔会和玩具交谈。

那是一个秋风萧瑟的深夜，我问枕畔的不倒翁：“不倒翁，你不冷吗？”

不倒翁答：“不冷。”

我又问：“真的不冷吗？”

不倒翁答：“不冷。”

“真的？”

“不冷。”

睡在旁边的某人看着我们笑了，说：“这孩子好像喜欢不倒翁，一直在默默地盯着不倒翁。”

我是知道的，夜深人静时，有四五十只老鼠在家里到处乱窜，偶尔还有四五条锦蛇在榻榻米上爬来爬去。大人们都已睡下，鼾声如雷，对此毫不知情。老鼠和锦蛇甚至会爬进被窝，所以晚上我总是一觉不睡，白天在众目睽睽之下才敢小憩片刻。

我在无人知晓中错乱了，不久又在无人知晓中恢复了。

还有比那更年幼时发生的一件事，每当我看见麦田里起伏的麦穗就会想起。我盯着麦田下边的两匹马，一匹红马一匹黑马。它们确实是在交配，对近在身旁的我置之不理，完全不当一回事。我从中感受到了力量，所以对于马的无礼，甚至无暇感到不满。

我看到了另一匹红马。抑或是同一匹马。它像是在做针线活儿，未几站起身，啪啪地拍打前襟。或许是为了掸掉线头吧。它扭过身来，朝我脸颊刺了一针："小宝宝，疼吗？疼吗？"对于我来说，很疼。

我的祖母之死——经我这样掰着手指多次计算——是在我出生后的第八个月。只有当时的回忆是那般清晰，宛如霞霭裂开一个三角豁口，露出了昼日澄空的宝贵肌肤。祖母的脸和身形都很小，发型也小。她身穿一件密布着芝麻粒大的樱花花瓣图案的绉绸和服。我被祖母抱着，一边陶醉于香料的清香，一边望着上空吵架的乌鸦。祖母“哎呀”叫了一声，把我扔在了榻榻米上。我一边滚落，一边凝视着祖母的脸。祖母的下巴剧烈颤动，皓齿两三度震响，很快就猛地仰面躺倒了。许多人跑过来，围着祖母，一齐发出金钟儿般的细声哭泣。我躺在祖母身旁，默默地看着死人的脸。祖母那白皙的脸庞美丽而文雅，自两个太阳穴皱起细小的波纹，这皮肤的波纹扩及整个面部，使得祖母脸上转眼之间便布满了皱纹。人死，则皱纹遽生，继而波动，扩散不止。这是皱纹的生命。文章至此结束。难以忍受的恶臭从祖母怀中慢慢地爬了出来。

祖母唱的摇篮曲，至今仍把我的耳朵撩拨得发痒。

“狐狸出嫁，姑爷不在。”

此外别无他言。

（未完）

图书在版编目（CIP）数据

虚构的彷徨 /（日）太宰治著；程亮译. —北京：现代出版社，2020.1（2024.1重印）
ISBN 978-7-5143-8295-2

Ⅰ.①虚… Ⅱ.①太… ②程… Ⅲ.①中篇小说－小说集－日本－现代 ②短篇小说－小说集－日本－现代 Ⅳ.①I313.45

中国版本图书馆CIP数据核字（2019）第272745号

作　　者　[日]太宰治
译　　者　程　亮
责任编辑　曾雪梅　申晶

出 版 人　乔先彪
出版发行　现代出版社
地　　址　北京市安定门外安华里504号
邮政编码　100011
电　　话　(010) 64267325
传　　真　(010) 64245264
网　　址　www.1980xd.com
印　　刷　三河市嵩川印刷有限公司
开　　本　880mm × 1230mm　1/32
印　　张　7.75
字　　数　141千字
版　　次　2020年3月第1版　2024年1月第2次印刷
书　　号　ISBN 978-7-5143-8295-2
定　　价　59.80元

我是即将散落的花瓣，

经受一丝微风就颤抖不已。

——太宰治

虚构的彷徨

[日] 太宰治 | 著　只读文化工作室 | 出品

太宰治・虚构的彷徨

だざいおさむ　きょこうのほうこう

只读

时间宝贵，我们只读好书。

—和风译丛—

001 太宰治《人间失格》（平装）
002 太宰治《惜别》（平装）
003 织田作之助《夫妇善哉》（平装）
004 宫泽贤治《银河铁道之夜》（平装）
005 坂口安吾《都会中的孤岛》（平装）
006 上村松园《青眉抄》
007 太宰治《关于爱与美》
008 谷崎润一郎《黑白》
009 梶井基次郎《柠檬》
010 幸田露伴《五重塔》
011 宫泽贤治《银河铁道之夜》（精装）
012 太宰治《人间失格》（精装）
013 太宰治《惜别》（精装）
014 芥川龙之介《罗生门》
015 泉镜花《汤岛之恋》
016 夏目漱石《我是猫》
017 樋口一叶《十三夜》
018 尾崎红叶《金色夜叉》
019 坂口安吾《都会中的孤岛》（精装）
020 樋口一叶《青梅竹马》

只读

时间宝贵，我们只读好书。

021 织田作之助《夫妇善哉》（精装）

022 太宰治《虚构的彷徨》

023 太宰治《他非昔日他》

—即将推出—

谷崎润一郎《细雪》

谷崎润一郎《卍》

谷崎润一郎《猫和庄造与女人》

谷崎润一郎《少将滋干的母亲》

永井荷风《梅雨前后》

永井荷风《隅田川》

堀辰雄《我思古人》

……

只读

时间宝贵，我们只读好书。

021 织田作之助《夫妇善哉》(精装)
022 太宰治《虚构的彷徨》
023 太宰治《他非昔日他》

—即将推出—

谷崎润一郎《细雪》
谷崎润一郎《卍》
谷崎润一郎《猫和庄造与女人》
谷崎润一郎《少将滋干的母亲》
永井荷风《梅雨前后》
永井荷风《隅田川》
堀辰雄《我思古人》
……